고양이 섬의
기적

ISHINOMAKI·NYANKOJIMA NO KISEKI
TASHIROJIMA DE HAJIMATTA "NEKOTACHI NO FUKKO PROJECT"
by Kazumi Ishimaru

Copyright © Kazumi Isimaru, 2012
Korean Translation Copyright © Munhakdongne Publishing Corp., 2013
Originally published in Japan in 2012 by Aspect Corporation., TOKYO.

Korean translation rights arranged with Aspect Corporation., TOKYO,
through TOHAN CORPORATION, TOKYO, and Eric Yang Agency, Inc., SEOUL.

이 도서의 국립중앙도서관 출판시도서목록(CIP)은 서지정보유통지원시스템 홈페이지(http://
seogi.nl.go.kr)와 국가자료공동목록시스템(http://www.nl.go.kr/kolisnet)에서 이용하실
수 있습니다. (CIP제어번호: CIP2013001421)

고양이 섬의 기적

쓰나미가 휩쓸고 간
외딴 섬마을 고양이 이야기

이시마루 가즈미 지음 · 오지은 옮김 · 고경원 해설

문학동네

나는 고양이를 키우지 않는다. 알레르기가 있어서 만지지도 못한다. '고양이 섬의 기적'이라는 제목을 단 책의 옮긴이 서문으로 참 적당하지 않은 첫 문장이지만 사실이 그렇다. 홍대에서 음악을 하는 여자라고 다 고양이와 가깝지는 않다. 하하.

기적에 관한 다른 이야기를 해보겠다. 2006년 1집을 준비하던 나는 앨범을 내줄 회사를 찾기보다 모금을 하여 스스로 제작비를 마련하려는 결심을 했다. 그렇게 하면 다른 영향 없이 혼자의 힘으로 온전히 앨범을 만들 수 있고 그 과정 또한 좀 덜 외롭지 않을까 하는 가벼운 마음에서 시작했던 것이었다. 한 십만 원이나 모이면 좋겠다, 딱 이 정도의 기대였다.

그때는 소셜 펀드 레이징이네 뭐네 하는 용어도 개념도 없었고 뮤지션에게도 음악 구매자에게도 제작비 모금은 생소한 경우여서 당연히 순조롭게 풀리지 않았다. 홍보 방법도 딱히 없었다. 의도를 비난하는 사람도 있었다. 그냥 인터넷의 바다에 떠 있는 외지고 작은 섬 같은 내 홈페이지에 음원을 올려놓고 제작비를 보태줄 사람들을 기다릴 뿐이었다.

며칠이 지나고 첫 입금이 들어왔다. 신기해서 입금 내역을 한참 바라보았다. 그 다음날, 또 다음날 아주 천천히, 하지만 끊이지 않고 돈이 입금되었다. 아직 나오지도, 언제 나올지도 모르는 무명 뮤지션의 CD를 사람들이 고작 데모 버전만 듣고 사는 것이다. 이 각박한 21세기에 이런 일이 벌어지다니, 가장 놀란 사람은 나였다.

그렇게 해서 모인 금액은 270만 원. 엄청나게 큰돈은 아닐지언정 당시의 나에겐 굉장한 액수였다. 편지에 달러를 넣어 보낸 미국의 소녀도 있었고, 충청도 어디의 치과의사 선생님도 있었다. 그런데 신기한 것은 제작비를 지원하는 선주문 이메일에 이름과 주소만 달랑 적은 사람이 없었다는 것이다. 힘내라는 말, 내 음악이 왜 좋은지, 언제 듣는지, 자기는 어떤 사람인지, 다들 조근조근 응원의 말과 사연을 적어 보내주었다. 내 머릿속에서 뭉뚱그려져 있던 사람들이 한 명 한 명 살아났다.

CD가 공장에서 나온 날, 천장에 닿을 듯 쌓여 있는 박스에서 CD를 하나씩 꺼내 그간 정리해둔 주소록을 보며 혼자

새벽까지 포장을 했다. 보내는 사람과 받는 사람이 뒤바뀌어 있다는 사실을 깨달았을 때는 이미 아침이었다. 어쩔 수 없이 전부 다 포장을 풀어 다시 싸야만 했다는 것은 지금 돌이켜보면 웃음만 나는 에피소드. 몇 달간을 그렇게 직접 CD를 보내다가 운이 좋게도 나는 점점 바빠지고 레이블에 들어가게 되고 2집을 내고…… 그렇게 계속 음악을 하고 있다.

요즘 같은 때에 하고 싶은 음악을 마음껏 하면서 살 수 있다는 것은 축복받은 일이다. 하지만 가장 축복받은 순간은 내 음악이 시작되었던 그때였다고 생각한다. 들어주는 사람이 있어서 세상에 나올 수 있었던 나의 1집, 내가 음악을 만들고 누군가가 그것을 들을 때 그제야 음악이라는 것은 완전해진다는, 당연하지만 깨닫기 힘든 사실을 나는 뼈저리게 깨달을 수 있었다. 흔한 얘기지만 세상은 혼자 사는 것이 아니라는 것을 태어나서 처음으로 진하게 느꼈다.

『고양이 섬의 기적』은 바로 이런 기적에 대한 이야기다. 고양이와 사람이 오순도순 살던 작은 섬이 하루아침에 망가져버렸다. 모든 것은 떠내려가고 살아남은 사람들은 앞으로 어떻게 살아가야 할지 방법을 찾을 수 없었다. 다시로지마 섬

사람들은 펀드를 통해 굴 양식업을 부활시킬 자금을 모아보자는 무모한 도전을 시작하지만 3·11 대지진과 쓰나미로 동일본 전체가 피해를 입은 상황에서 사람들이 이 작은 섬에 얼마나 관심을 줄지 알 수 없는 실정이었다.

그때 기적이 일어난다. 고양이를 살리자, 그러려면 사람을 살리자, 그러려면 섬을 살리자, 이렇게 마음은 점점 커져갔다. 고양이를 통해서 너의 불행은 나의 불행이 되었고 그로 인해 타인을 도울 힘이 생겨났다. 그리고 결국 섬이 살아났다. 각박한 세상이지만 가끔 이런 기적이 일어난다. 그 매개가 나에게는 음악, 다시로지마 섬에게는 고양이였다. 무엇이 매개가 되었든 마음이 오갈 때, 세상은 빛이 난다. 무엇보다도 소중한 빛이다.

물론 정신이 쏙 빠지도록 귀여운 고양이들에 대한 이야기이기도 하다. 앨범 녹음 때문에 정신이 없는 내가 고양이들 사진에 홀려서 번역을 맡겠다 했을 정도로 귀엽다. 그 귀여움에 부족한 번역이 조금이나마 가려지길 치사하게 빌어본다.

기적을 믿으며,
오지은

차례

1부

사람보다
고양이가 많이 사는 섬

이른바, 고양이 섬에 가다

페리 선착장은 옛 기타카미 강北上川 하구에 있었다.

근방은 쓰나미에 거의 휩쓸려나갔고 부두는 지반 침하로 해수에 잠겨 있었다. 부서진 콘크리트에 부딪치는 파도가 은은하게 찰박찰박 소리를 내고 있었다. 그 옆으로 혼자 남겨진 듯한 모르타르로 된 건조물이 서 있는데 입구에는 '아지시마 섬網地島 라인 선착장'이라는 간판이 보인다.

이 항구가 지금 미야기宮城 현 이시노마키石卷 시 앞바다에 있는 다시로지마 섬田代島에 갈 수 있는 통로 중 하나다. 오시카牡鹿 반도 남단, 아유카와鮎川에서 가는 방법도 있지만 편리성을 따져보면 이 항구를 거쳐 가는 게 일반적이다.

2012년 2월, 지반이 침하된 항구에서 하루 세 번 출항하는 '아지시마 섬 라인' 카페리 '머메이드'(110톤, 212인승)에 몸을 실었다. 평일 아침이었지만 승객은 적지 않았다. 최근에는 하루 평균 서른 명 정도 승객이 있다고 한다. 승객 대부분이

미야기 현 이시노마키 시 옛 기타카미 강 하구. 이 근방은 지금도 가설공사중이다.

다시로지마 섬과 그 옆에 있는 아지시마 섬 주민이다.

상자 등을 몇 개 운반한 후, 배는 뱃줄을 풀고 옛 기타카미 강에서 뱃머리를 돌려 하구로 향했다. 날씨는 쾌청했다. 평온한 바다 너머에 오시카 반도의 녹색 섬들이 떠 있었다.

페리에 오른 지 약 40분 후, 오른편으로 작은 섬이 보인다. 다시로지마 섬, 또다른 이름은 '고양이 섬'. 일본 사람들 사이에서 '사람보다 고양이가 많이 사는 섬'으로 유명한 곳이다.

섬 북쪽의 항구가 보이기 시작한다. 동일본 대지진이 일어나기 전에는 섬의 현관 노릇을 했던 오도마리大泊 항이다. 하지만 지금은 부두의 대부분이 바닷물에 잠겼고 방파제도 부서진 채로 있다. 여기도 지반 침하 때문에 입항이 불가능하다. 항구 너머 건물이 있어야 할 장소에는 아무것도 없었고 그 옆으로 폐자재만 수북이 쌓여 있었다.

이시노마키 시가지에서 목격한 재난의 광경이 여기에도 펼쳐져 있었다. 사람의 기운이 느껴지지 않는 거리에서 아직 복구와는 거리가 먼 현실을 볼 수 있었다.

페리는 오도마리 항을 지나 15분 후, 섬의 또하나의 입구 니토다仁志田 항에 도착했다. 지반이 침하된 부두만 겨우 수리한 니토다 항에 배를 아슬아슬하게 댈 수 있었다.

항구에 올라서니 부두 가까이에 70대로 보이는 할아버지가 그물을 정리하고 있었다. 말씀 좀 여쭙고 싶다 하니 검게 탄 얼굴에서 웃음이 피어올랐다.

"작디작은 섬이라 항구가 어느 쪽이든 빨리 고쳐지면 좋을 텐데. 배가 못 오면 생필품도 못 온다는 거 아니야. 우리가 갖고 있는 배로 오시카까지 가려면 많이 힘들지."

고기잡이를 생업으로 하는 그 할아버지에게 고양이 세 마리가 다가왔다. 흰색과 검정 얼룩이와 삼색이였다.

쓰나미 때 고양이들은 어땠는지 물었다.

"쓰나미가 왔을 때 도망치지 못한 꽹이 몇 마리가 있었어. 그때 뭐가 일어나고 있는지 모르는 표정이더라고. 한꺼번에 파도에 휩쓸려 사라져버렸어."

고양이 한 마리가 할아버지에게서 떨어져 내게 다가와 다리에 착 달라붙었다.

"오랜만에 관광객 만나서 밥이라도 얻어먹을까 하고 있는가 봐."

바로 옆의 폐자재 산을 사뿐사뿐 걷던 하양검정 얼룩이가 능선을 능숙하게 넘어 내려왔다. 고양이에게 폐자재는 스트레스가 되지 않나보다.

다시로지마 섬 니토다 항. 날 맞이해준 건 고양이와 폐자재 더미였다.

"고양이에게 폐자재 산은 비바람도 피할 수 있는 좋은 보금자리지."

항구 주위를 걷고 있으니 고양이가 점점 바닷가로 모이는 광경을 볼 수 있었다. 흰색검정의 뚱뚱한 고양이, 털이 긴 고양이, 대지진 이후에 태어났다는 흰색검정 긴 털의 아기 고양이 등 고양이 수십 마리가 막 도착한 배 근처로 모여들고 있었다. 근처에 가보니 원래 그렇게 하기라도 한 듯 다들 어부에게 가서 두 발을 모은다. 배에서 생선을 던져주지 않을까 기다리고 있는 것이다.

다시로지마 섬 고양이들은 이렇게 어부에게 신선한 생선을 항상 나눠 받는다. 그 탓인지 고양이 털에는 윤기가 흐른다. 그리고 애교도 많다. 애묘인들이 이 섬에 빠져드는 이유가 여기에 있다.

항구를 지나 산기슭에 있는 주택가로 들어가보았다. 도로 가장자리, 현관 계단, 처마밑, 어디에서든 고양이가 자고 있다. 역시 사람보다 고양이가 많은 섬답다. 휴일의 잡화점 앞 계단에는 무늬가 비슷한, 형제로 보이는 고양이 다섯 마리가

페리가 다니는 항구는 고기잡이배도 다니는 곳이다. 이곳에서 고양이와 사람이 공존하는 '고양이 섬'만의 광경이 펼쳐진다.

멍하니 햇볕을 쬐고 있었다. 이렇게 민가 근처에는 어디든 고양이가 있다.

언덕길을 올라가던 중에, 다가온 고양이의 등을 쓰다듬고 있으니 언덕 위에서도 근처 민가 옆에서도 고양이가 나타났다. 모두들 꼬리를 올리고 종종걸음으로 다가온다. 가까이 가보니 눈을 가늘게 뜨고 나를 쳐다본다. 애묘인들에게는 참을 수 없는 표정일 것이다.

배를 드러내고 자고 있는 회색 고양이, 내 다리에 몸을 비벼대는 검정고양이가 있는가 하면, 코를 실룩거리며 내게 할 말이라도 있는 듯한 표정을 짓는 검정고양이도 있다. 애묘인들 입장에서 이 섬은 한마디로 '고양이 파라다이스'다.

언덕을 내려가던 길에 정원에서 잡초를 뽑고 있던 노부부와 눈이 마주쳤는데, 부인이 말을 걸어왔다.

"고양이 보러 왔어? 그러면 이쪽으로 와봐. 여기 더 많이 있어."

가보니 30평쯤 되는 정원에 고양이가 열 몇 마리 정도 있었다. 70대 후반인 그 부인은 고양이 사료 봉투를 안고 있었

산중턱. 정기휴일인 주말 상점가에서는 항구에 있는 고양이들과는 또다른 고양이들이 기다리고 있었다.

는데, 고양이들은 부인 주위에 '정렬'하고 있었다.

"얘가 꼬마 뚱이."

부인이 좋아하는 고양이가 사료를 와구와구 먹는다.

"내가 만든 강아지풀 장난감으로 가끔 놀아주고 있지. 그 래도 고양이는 귀엽지. 못된 짓도 하지만."

그렇게 말하며 부인은 고양이를 쓰다듬는다.

이른바 고양이 섬, 쓰나미가 닥치기 전에는 연간 약 5000명 이상의 '애묘인'들이 방문하던 곳. 그 이유는 섬에 와서 2시 간도 채 되지 않아 이해할 수 있었다.

○○ 하룻밤 새에 섬은 '전국구'가 되었다

다시로지마 섬은 오시카 반도의 오부치小渕 항에서 약 3킬로 미터 떨어진, 둘레 11킬로미터 면적 약 3000제곱미터의 작 은 섬이다. 인구는 백 명이 채 안 되지만, 과거 NHK방송 인 기 인형극 〈횻코리효탄지마ひょっこりひょうたん島〉의 실제 모델로도 알려졌다.

현재 섬의 주요 산업은, 어업과 계절채소를 중심으로 하는

니토다 항 개발종합센터 앞. '고양이를 보러 온 관광객'을 위한 안내문이 놓여 있다.

농업이며 주민의 8할이 65세 이상(2005년 국가 조사)인 일명 한계집락이다.

단, 일본 낚시 애호가들에게 이 일대는 풍부한 어장으로 알려져, 매년 천 명 규모의 낚시꾼이 다시로지마 섬을 찾는다. 신호등조차 없는 이 작은 섬은 또한 근처 이시노마키 시민들에게 '어린아이를 데리고 가도 안심할 수 있는 여름 리조트'로 인기가 있었다.

그런 다시로지마 섬이 전국적으로 이름을 알리게 된 것은, 한 텔레비전 방송이 계기였다. 후지TV 계열의 아침방송 〈메자마시 도요비めざましどようび〉에, '사람보다 고양이가 많은 섬' 다시로지마 섬의 일상을 영화화한 〈무료 게릴라 상영 프로젝트〉 〈냥이 더 무비〉(포니캐넌, 2006)가 소개되면서 일본 전국 애묘인들에게 '고양이 섬'으로서 자리잡은 것이다. 그리고 이 작품이 DVD로 만들어져 고양이 섬의 이미지는 더욱 널리 퍼졌다.

일본에서 고양이 섬이라 불리는 섬은 여러 곳 존재한다. 영화 〈세토우치 소년 야구단瀬戸内少年野球団〉의 로케이션 장소로 알려진 오카야마岡山 현 마나베시마 섬眞鍋島, 야마구치山口 현 이와이시마 섬祝島, 후쿠오카福岡 현 아이노시마 섬藍島 등이 해당된다. 이 섬들에 사는 이들 대부분은 바다에서 생선을 건져 올릴 때 흠집이 생겨 팔 수 없게 된 생선을 고양이들에게 나눠주는 등, 어부와 고양이가 예전부터 '우호적 관계'를 형성해왔다.

하지만, 다시로지마 섬에 백 마리 정도 있을 것으로 추정되는 고양이들은, 항구 주변에만 살고 있지 않다. 일본수의생명과학대학 부교수이자 수의사 자격을 가진 요코스카 마토코横須賀誠 씨는 "일반적으로 야생 고양이는 쥐나 새 같은 작은 동물을 잡아먹고 삽니다. 물론 사람에게 먹이를 받아먹는 경우도 있습니다"라고 한다. 다시로지마 섬 고양이들도 어부들이 나눠주는 생선만으로 살아갈 수는 없을 것이다.

"저는 다시로지마 섬에 가본 적이 없습니다만, 그곳 고양이의 경우 거세, 피임 수술은 받지 않더라도 주인이 관리하고 기르는 애완 고양이와 습성이 같을 것입니다. 어부들이나 섬 주민들이 주는 먹이를 먹거나 작은 동물도 잡아먹겠지요. 영양은 충분히 취하고 있을 것이라 생각됩니다."

게다가 다시로지마 섬에는 빈집이 많다. 빈집의 처마 같은, 비바람을 피할 곳은 얼마든지 있다.

다시로지마 섬에서 양식업을 하는 오가타 지카오尾形千賀保 씨(57세)는 섬이 고양이 섬으로 알려지기 시작했던 당시를 다음과 같이 말한다.

"고양이를 보러 오는 관광객이 늘어난 것은 2006년쯤이었을까. 꽉 찬 여름 페리의 반은 해수욕하러 오는 사람들, 반은 카메라를 들고 고양이 사진을 찍으러 오는 사람들이었어요. 여기 고양이들이 아무리 붙임성이 좋고, 낮을 안 가려도 고양이를 보러 오는 사람들이 그렇게나 많을 줄이야. 섬사람 모두 엄청 놀랐지요."

그런 고양이 섬의 인기를 지탱했던 '한 마리'가 '귀 처진 잭'이었다. 이혈종을 앓았는지 왼쪽 귀가 아래로 처진 잭이 어부가 준비해준 생선에 달려들지 못하고 항상 머뭇거리는 모습이 영화에 소개되어 일약 인기 고양이가 되었다.

2006년 즈음 일본에서는 고양이 블로그, 즉 자기가 기르는 고양이를 촬영해 블로그에 올리는 일이 유행하기 시작해 인기 블로그는 책으로 출간되는 등 고양이 붐이 일어나고 있었다. 그러던 중 고양이 섬으로 주목받기 시작하던 다시로지마 섬도, 당시 인기 있던 고양이 블로그 '아메숏입니다'의 관리인 '모모냥' 씨가 섬을 방문한 뒤 블로그에 글을 올려 더욱 인기가 높아졌다.

언덕 위에서 고양이에게 먹이를 주던 노인은 당시를 다음과 같이 말한다.

"확실히 그 괭이는 인기가 있었어. 그런데 그 귀 처진 잭이 죽고 나서 괭이 좋아하는 사람들은 섬에 이제 안 오는 건가 생각했는데 안 그러데. 섬에 오는 사람들은 각자 보러 오는 괭이가 따로 있어서 그 괭이나 그 괭이 새끼를 찾아다니고 그러면서 나름 잘 즐기는가봐."

하지만, 인구가 줄어만 가는 작은 섬에 관광객이 쇄도하여 난감한 부분도 있었다고 한다.

"사람들을 끌어보려고 섬에서는 낚시대회도 하고 마라톤도 해봤는데 설마 고양이 때문에 이렇게 관광객이 늘 줄은 몰라서 저희도 당황했습니다. 젊은 여자애들이 카메라를 들고 동네를 걸어다니더니, 심지어 길거리 한복판에서 고양이에게 먹이를 주질 않나, 사람 사는 집에 막 들어가서 촬영을 하질 않나, 난처한 부분도 있었지요."(오가타 씨)

지금은 관광객들의 매너도 좋아진데다, 다시로지마 섬은 애묘인들 사이에 더욱 인기가 많아져 섬 고양이들은 낚시에

이은 관광자원이 되었다. 실제로 2008년에는 약 3200명이었던 관광객 수가 2010년에는 약 12300명까지 늘어났다.

이렇게 '고양이 섬'으로서 급속히 유명해진 다시로지마 섬이지만, 고양이를 소중하게 여기는 관습은 이전부터 있어왔다. 예를 들어 다시로지마 섬은 '개 반입 금지'다. 이것은 에도 시대 말부터 시작되었다고 한다. 누에치기의 적인 쥐를 퇴치하는 고양이를 귀중하게 여기던 풍습이 남아서 그렇다는 설도 있다.

앞서 이야기한 오가타 씨는 이렇게 말한다.

"옛날부터 고양이는 어부에게 있어 풍어豊漁의 수호신이었습니다. 그래서 고양이를 모시는 '고양이 신' 신사도 섬 중심부에 있고요. 고양이는 모두의 생활 속에 주욱 있어왔던 존재입니다. 고양이를 좋아하건 말건 그전의 문제이지요."

◎ ◎
재난 당시 고양이도 사람도 쓰나미에 휩쓸렸다

사람보다 고양이가 많이 사는 작은 섬도, 동일본 대지진의 피해를 입었다. 진원지에서 가까운 섬은 진도 6(약)을 기록

다시로지마 섬을 일약 유명하게 만든 스타 고양이. '귀 처진 잭'이 살아 있던 시절의 모습.
(냥이 프로젝트 제공)

해 섬의 가옥 몇 채가 부서지고, 지붕이 떨어지고, 도로가 침식되고, 암벽은 붕괴되고, 항구 같은 공공시설 대부분이 무너지거나 파괴되었다.

지진 발생 당시, 다시로지마 섬의 어부 대부분은 배에서 돌아와 항구에서 작업을 하거나 집으로 돌아간 상태였다.

당시 항구에서 정리 작업을 하고 있었다는 백발의 노인에게 물었다.

"지진이 났을 때 나는 해변에 있었는데, 뭔가 큰 소리가 들리는 거야. 지축이 흔들린다고 하는 바로 그거지. 소리가 들리는 쪽을 보니까 지면이 흔들흔들거리더니 서 있을 수가 없어. 흔들릴 때는 계속 웅크리고 있었지. 흔들림이 좀 멈추고 나니까 집이 걱정돼가지고…… 할머니도 계시고 말이다. 일단 집으로 갔지."

그러고 보니 집안의 장롱 같은 가구가 쓰러져 있는 모습은 보았지만 다행히 도민들은 지진 그 자체의 피해를 입은 것 같지는 않다.

흔들림이 멈추고 조금 지나니 이번에는 쓰나미 경보가 발령되었다. 집에 가 있던 어부들은 어선을 안전한 장소에 매

동일본 대지진의 진원지에서 가까운 다시로지마 섬의 피해 규모는 엄청났다. 본토와 멀리 떨어져 있는 섬이라 청소와 정리도 도민이 총출동하여 해냈다. (냥이 프로젝트 제공)

어두거나, 항구에서 바깥으로 빼두기 위해 다시 항구에 모였다.

'쓰나미가 오면 어선을 항구에서 바깥으로 빼두는 건 어부의 상식이니까' 하고 어부들은 생각했지만, 거대한 쓰나미는 어선을 바깥으로 빼기 전에 들이닥쳤다. 쓰나미는 어선은 물론 그때 항구에 있던 어부들 전원을 삼켰다.

"그래도 쪼그만 항구였으니까 항구 가까이에 있는 나무나 전봇대나 건물 같은 거 붙잡고 지붕 위로 올라가고 그렇게 어떻게든 살아남았지."

하지만 어선에 있었던 어부 한 명은 바다에 휩쓸려 지금도 행방불명이다.

"나도 휩쓸렸는데 전봇대에 걸려서 겨우 살아남았지. 살아남은 사람이 아주 조금 더 운이 있었던 거뿐이지."

재난이 닥친 후, 이시노마키 시에서 오는 페리는 운행이 중지되었다. 다시로지마 섬사람들은 고립 상태가 되었다. 주민들은 일단 다시로지마 섬 개발종합센터라는 마을 공동시설에 모여 서로의 생사를 확인했다. 섬사람들은 몇 번이고 헬리콥터가 머리 위로 날아다니는 것을 보며 도호쿠東北 지방이 입은 피해가 얼마나 큰지 짐작할 수 있었다.

하지만 섬에서 나갈 수 없는 상태는 그날부터 2주나 더 이어지게 된다.

○○ 새로운 부흥의 모습을 찾다

쓰나미는 어업에 쓸 수 있는 거의 모든 것들을 바다로 가져가버렸다.

어선이나 그물은 물론이고, 도구들 대부분이 휩쓸려버렸고 굴 양식장도 전부 파괴되었다. 섬에 하나뿐이었던 업무용 대형 냉장고, 냉동고도 흔적 없이 사라졌고, 파도를 뒤집어쓴 중장비나 지게차는 움직일 생각을 안 했다.

게다가, 섬사람 대부분의 수입원이었던 굴 양식대 수백 개가 전부 쓰나미에 휩쓸려버렸다. 굴 양식 개발시설의 피해 규모는 약 8천만 엔(약 9억 2천만 원)을 넘어서는 금액이었다.

굴 양식업자인 쓰다 고에쓰津田光悦 씨(53세)에 따르면, 지진을 계기로 굴 양식업을 관두는 사람도 생겨났다고 한다.

"섬에서 일을 포기하게 된 고령자들 중에는 본토에 사는 자식 집으로 이사 가는 사람도 나타났습니다. 실제로 재난 후 섬 인구는 백 명 정도에서 육십여 명 정도로 줄어들었지요."

쓰다 씨 일행은 해당 지역 금융기관을 돌아다니며 융자를 받으려고 노력했다. 하지만 금융기관조차 이미 어려운 상태에서 다시로지마 섬의 굴 양식업에 융자를 해줄 곳은 나타나지 않았다.

그때, 쓰다 씨처럼 양식업을 하는 오가타 씨는 어떤 활동에 대해 알게 된다.

"'산리쿠三陸 굴 산업 부흥 지원 프로젝트'라는 활동이 귀에 들어왔습니다. 이것은 인터넷으로 자금을 모으는 형식입니다. '1구좌 주주'라는 방식을 이용하기 때문에 빚의 형태가 아닌데 게다가 단지 돈을 받기만 하는 기부와도 다른 프로젝트였습니다."

오가타 씨가 말하는 것처럼 섬사람들은 그 프로젝트에서 새로운 재건의 모습을 보았다. 이것이라면 다시로지마 섬도 새로운 '모습'을 얻을지도 몰랐다.

"역시 굴도 생선도 다시로지마 섬의 대표적인 자원이지만 고양이 또한 자원입니다. 굴 양식이 타격을 입었기 때문에 '그렇다면 남은 자원인 고양이로 섬 재건에 힘써보자' 이런

풍경이 바뀌어도 고양이들은 항상 그대로 있다. 이 모습이 '냥이 프로젝트'의 힌트가 되었다.

생각이 들었지요. 그렇게 우리 바닷사람들의 힘으로, 다시로지마 섬만의, 다시로지마 섬의 자원을 살린 재건 프로젝트를 시작하려고 했습니다."

이렇게 쓰다 씨, 오가타 씨, 그리고 섬에 온 젊은 후계자 나카코지 노보루中小路昇 씨(43세) 세 사람이 의기투합하여 2011년 6월 어떤 프로젝트를 가동했다.

그렇게 2011년 6월 '1구좌 주주' 지원모금 '냥이 프로젝트' 가 시작됐다. 작은 섬에서 시작된 이 작은 프로젝트는 이후 작은 기적을 일으키게 된다.

2부

‘냥이 프로젝트’
시작되다

○○ 재난 이후 어느 곳에서도 융자를 받을 수 없었다

다시로지마 섬 어업의 역사는 굴 양식업의 역사와 그대로 겹친다. 굴을 키우면서부터 섬이 처음으로 정기적인 수입을 확보할 수 있게 되었기 때문이다.

하지만 오랫동안 이어져오던 굴 양식업도 주민들이 고령화하면서, 양식업을 이을 인재가 사라지고 말았다. 이것은 재난 전부터의 고민거리였다.

섬사람들은 양식업을 할 사람을 섬 바깥에서 찾았다. '섬에서 생활할 것'을 조건으로 굴 양식업을 이어줄 인재를 모집한 것이다. 모집조건은 단순했다. 섬으로 이사하여, 섬의 굴 양식업을 이어줄 것. 쉽게 포기하지 않을 것. 살 곳도 일에 필요한 도구도 무상으로 제공해준다는 사실도 써두었다.

2005년 한 남자가 지원을 했다. 앞서 말한 나카코지 노보루 씨였다. 나카코지 씨는 가나가와神奈川 현 출신의 샐러리맨으로 어업 경험은 없었다.

재난 전의 굴 수확 작업 모습. 굴 양식대를 이용한 생육은 순조로웠다. (냥이 프로젝트 제공)

다시로지마 섬에서 젊은이 축에 속하는 나카코지 씨는 당시를 이렇게 돌이켜본다.

"계속 간토(関東, 일본 혼슈의 간토 평야 주요부를 차지하는 지역. 수도 도쿄 근방—옮긴이) 도회지에서 생활해왔습니다. 하지만 언젠가는 자연과 함께하는 일을 하고 싶다고 줄곧 생각해왔습니다. 섬사람들은 아무것도 모른 채 섬을 찾아온 저에게 '몇 년 안에 혼자서도 잘할 수 있게 되어야지' 하며 자잘한 부분까지 꼼꼼하게 가르쳐주었습니다."

하지만 동일본 대지진으로 모든 것을 잃게 되었다.

"조금만 더 하면 독립할 수 있는 단계였는데…… 그 재난이 닥쳐온 것이죠. 양식 기술을 겨우 익힐 즈음이었습니다. 그래서 더욱 '섬에 은혜를 갚아야 한다'고 생각하고 있었습니다."

나카코지 씨에게는 굴 양식업을 그만둔다는 선택지도 없었다.

일반적으로 굴 양식업은, 몇 년 단위로 계획하여 사업을 전개한다. 즉 '채묘seed collecting, 억제, 수하, 육성'이라는 단계가 있기 때문에 적어도 일 년 이상이 필요하다. 그렇기에 제

오시카 반도의 긴카 산 주변은 풍요로운 어장으로 알려져 있다. 굴 외에도 고등어, 전갱이, 광어 등이 잡힌다.

대로 컨트롤할 수 있다면 수년 단위의 수확과 수입을 예측할 수 있다.

그래서 재건 계획만 제대로 세워져 있다면 굴 양식업은 금융기관에서 융자를 받기 쉬울 것이라고 나카코지 씨는 생각했다.

그때 굴 양식업 선배 오가타 지카오 씨와 쓰다 고에쓰 씨도 굴 양식업 재건 계획을 세워 이시노마키 시와 그 주변 금융기관을 돌기 시작했다. 대형 금융기관부터 신용금고, 우체국은행까지 발을 옮겼다.

하지만 이시노마키 시와 미야기 현 전체의 피해 정도가 막대한데다, 금융기관 자체가 재해를 입은 상태라 융자의 우선순위 등이 전혀 정리되지 않은 단계였다.

게다가 재난 후 동일본 재해지 전체에 책정된 제1차 보정 예산은 4조 153억 엔(약 46조 3700억 원)이라는 예상을 훨씬 밑도는 규모였다. 이후의 정부 보조도 어느 정도가 될지 예상조차 할 수 없었다.

섬이 속해 있는 이시노마키 시로부터의 재건 지원도 기대할 수 없었다.

노인 옆에서 함께 걸어가는 고양이. 먹이를 얻기 위해 사람을 따라 걸어가는 고양이의 모습은 다시로지마 섬에서 자주 볼 수 있는 광경이다.

"솔직히 재난 범위가 너무 넓어서, 손을 쓸 수 없는 것이 현실입니다. 모두 이시노마키 시민이기에 재난 피해를 입은 사람은 전부 평등하게 취급하는 것이 당연합니다만……"(이시노마키 시 재해대책실)

이시노마키 시는 동일본 대지진으로 가장 큰 피해를 입은 지역으로, 사망자 3182명, 행방불명 557명에 달했다(2012년 2월 22일 현재, 미야기 현 재해대책본부 자료). 바닷가 공장지대는 조업을 좀처럼 재개할 수 없는 상태고 지반 침하가 심각해 배를 부두에 댈 수조차 없는 상태가 지금도 이어지고 있다.

오가타 씨가 당시 섬의 답답한 상황에 대해 말해주었다.

"섬에서 굴 양식업을 하는 사람들은, 다들 고령이어서 '언제 그만둘까' '후계자는 누가 좋을까' 이런 생각을 하고 있었지요. 양식업을 이어가려면 자금이 필요한데, 그것도 잘 풀리지 않으니까 정말 고민이 컸어요."

재난 전부터 다시로지마 섬의 인구 감소를 막기 위해 낚시 대회 같은 이벤트를 운영해온 그룹의 한 사람인 오가타 씨도 그런 상황이었다. 거의 자포자기한 상태였다.

자금만 받쳐준다면, 굴 양식업을 예전처럼 궤도에 올릴 수 있었지만 가장 중요한 융자를 받을 수 없었다. "겨우 나카코지 씨 같은 후계자도 커가고 있는데……" 하며 오가타 씨는 어찌할 바를 몰랐다.

"차라리 지진만이었다면, 이어서 쓰나미만 오지 않았다면 하고 바다를 원망하기도 했지요."

○○ '1구좌 주주'라는 재건 아이디어와 만나다

오가타 씨 일행은 '다시로지마 섬 굴 양식업을 위해 기부를 받는 것'에 대해 한번 생각해보았다. 하지만 동일본 대지진의 피해가 너무 커서 다시로지마 섬만 기부를 받는 것은 역시 현실적이지 않았다.

쓰다 씨가 당시를 돌이켜본다.

"예를 들어 기부를 받는다고 해도, 기부금을 어디에 어떻게 쓸까, 어떻게 분배할 것인가 하는 시스템을 만드는 것조차 어려운 상황이었습니다. 하지만 우리는 개인의 생활을 위해 돈을 융통하는 것이 아닌, 다시로지마 섬의 산업을 일으키기 위한 자금이 필요했던 것입니다."

그즈음, 쓰나미로 큰 피해를 입은 산리쿠 지역 전체에 재건을 위한 어떤 움직임이 일기 시작했다. 앞에서 이야기한 '산리쿠 굴 산업 부흥 지원 프로젝트'였다.

이 프로젝트는 재난 직후인 2011년 3월 26일 모집을 개시해, 이와테岩手 현 미야코宮古 시부터 미야기 현 히가시마쓰시마東松島 시까지 산리쿠 연안의 어업공동조합의 열 개 단체가 참가했다. 국가에서 보조나 원조가 늦어져 복구 진행이 되지 않던 상태에서 '한시라도 빨리 일을 시작하고 싶다'고 생각했던 재해민들이 스스로 일어선 형국이었다.

구체적으로는 '1구좌 주주 지원모금'이라는 형태로, 프로젝트에 참여한 사람이 '1구좌 이상' 지원하는 방식이다. 더 구체적으로 '1구좌 1만 엔'을 설정해 단순한 기부가 아닌 새로 일으키려는 사업자금의 '한 구좌 분'을 구입하는 것이다.

이 1구좌 주주 지원모금은 예를 들어 '1구좌 마주馬主'와 비교하면 쉬울지도 모르겠다. 고액의 말 구입자금을 복수로 나눠서, 마주의 권리를 손에 넣는다. 말이 레이스에서 상금을 획득하면 그 구좌 분 비율로 마주에게 상금이 배분된다. 마주로 있는 한 자신의 말이 레이스에서 상금을 탈 때마다 상

오도마리 지구. 대부분의 건물이 쓰나미 피해를 입었다.

금이 배당된다.

다른 점은, 1구좌 주주 지원모금의 경우 재건 이후 사업 이익의 최초 1회분만 지원해준 주주에게 배분한다는 점이다. 이 '이익'에는 '언제쯤, 무엇을, 어느 정도 줄 수 있을지'가 명시되어 있다.

"다시로지마 섬 굴 양식업도 굴이라는 수산물만 생각했다면, 산리쿠 프로젝트에 참가하는 게 재건의 지름길이었는지도 모르겠어요"라고 오가타 씨는 말한다.

하지만 오가타 씨 일행은 '다시로지마 섬의 특색을 살릴 수 있는 방향으로 사람들에게 지원을 부탁해, 다시로지마 섬만의 독자적인 방법으로 답례를 하고 싶다'고 생각했다. 이를 위해서 다시로지마 섬에만 있는 방법으로 지원금을 모아야만 한다. 하지만 유실된 배나 도구, 굴 양식업에 필요한 자재나 설비를 새롭게 세우기 위해서는 약 1억 5천만 엔(약 18억 원)이 필요했다.

"그때, 재난 전과 다름없이 다리에 감겨 오는 고양이들을 보고 생각이 났습니다. '다시로지마 섬의 자원은 굴뿐만이 아니다. 섬 전체를 유명하게 해준 건 고양이가 아닌가' 하고요."

그 고양이들로 어떻게 해서든 섬을 일으킬 수 있지 않을까, 오가타 씨와 쓰다 씨 일행은 그렇게 생각하게 되었다.

실제로 최근 늘어난 관광객 수를 단순 계산해보아도 연간 1만 명. 재난을 당한 다시로지마 섬의 고양이들을 걱정하는 사람들은 그 숫자의 배로 존재할 것이었다.

'다시로지마 섬 고양이들의 지명도를 이용해 우선 섬을 다시 일으켜보자'는 취지로, 오가타 씨를 대표로, 쓰다 씨, 나카코지 씨 같은 젊은 굴 양식업자들은 '산리쿠 굴 산업 부흥 지원 프로젝트'를 참고하고 연구한 '1구좌 재해 지원모금, 냥이 프로젝트'를 발족했다.

당장 필요한 것은 다시로지마 섬의 산업을 일으키기 위한 자금이었다. 이를 위해서는 기부가 아닌, 재건의 동이 터오를 때 '은혜 갚기'를 할 수 있는 시스템이 재건의 모습에는 어울린다고, '시주'가 아닌 '투자'를 해주었으면 한다고 오가타 씨는 생각했다.

○ ○
'냥이 프로젝트' 시작되다

'냥이 프로젝트'는 1구좌 1만 엔으로 한 구좌 이상 지원하는 주주를 모집한다는 형식을 갖췄다. 목표는 '1만 5천 구좌, 1억 5천만 엔'으로 잡았다.

산리쿠 굴 프로젝트와 다른 점은 모인 자금을 굴 양식업에만 쓰는 것이 아닌, 쓰나미로 사라진 어업 전반에 필요한 자재 구입비나 통신비, 유지관리비, 그리고 경비로 '고양이 사료비, 수의사비'로도 쓴다는 점이었다.

고양이에 대한 부분은 전체 프로젝트의 1할을 차지하지만, 이 때문에 '냥이 프로젝트'는 일본 전국 애묘인들의 심금을 울리게 된다.

게다가 이 프로젝트의 '답례'는 다시로지마 섬 특산물인 굴을 1킬로그램 보내준다는 것이었다. 단, 굴은 1년 만에 수확할 수 없고, 빨라야 4년 정도는 걸리지만, 그 사실도 물론 명시되어 있었다.

프로젝트 고지는 '산리쿠 굴 산업 부흥 지원 프로젝트'를 참고해, 홈페이지를 열어 해결하기로 했다. 하지만 다시로지마 섬은 외딴섬인데다 재난 직후였다. 인터넷 환경이 갖추어져 있을 리 만무했다.

"낚시하러 섬을 찾아오던 어떤 사람이 홈페이지 제작과 관련한 일을 한다는 사실을 알았습니다. 그분에게 홈페이지 제작, 모인 지원자들과의 연락, 개인정보 관리, 언론 대응을 의뢰하기로 했습니다."(쓰다 씨)

피해 실태를 전하기 위해 사진을 찍으려 해도 얼굴을 내보이기 싫다는 주민도 있었다. "부서진 마을 모습이 외부에 알려지는 게 씁쓸하다"고 말하는 사람도 있었다. 게다가 지금까지 여행에서 기념촬영을 해본 것이 사진에 찍힌 경험의 전부라고 말하는 사람이 대부분이었다.

촬영뿐만이 아니었다. '생각'을 문장으로 만드는 것도 익숙지 않아 이 부분도 난항이었다.

이런저런 시행착오 끝에 준비는 두 달이 걸렸지만 2011년 6월 '냥이 프로젝트'는 드디어 모금을 시작했다.

그때, 나카코지 씨는 내심 어떤 각오를 하고 있었다.

"프로젝트 출발 당시에는 '2011년 내에 목표 금액이 모이면 다행'이라고 생각했습니다. 1구좌 1만 엔이라고 하지만,

요즘은 불경기입니다. 쉽사리 내놓을 수 있는 금액이 아닙니다. 산리쿠 굴 산업 부흥 지원 프로젝트의 모금 상황을 보아도 이 일이 간단히 풀리지는 않을 것이라고 각오는 하고 있었습니다."

프로젝트를 함께하는 다른 사람들도 빨라도 일 년은 걸릴 것이라 보고 있었다. 재난 이후 석 달이 흘러, 후쿠시마 원전 사고의 영향에 대한 보도만이 눈에 띄게 되었고 '그 외의 재난 지역'은 점점 이야기의 중심에서 멀어지고 있었다.

"하지만 그런 와중에도 '냥이 프로젝트'는 텔레비전이나 잡지에서 꽤나 다루어졌습니다. 재난으로부터 '시간'이 어느 정도 흐른 후에야 겨우 고양이 이야기를 할 수 있게 됐다고 볼 수 있습니다."

쓰다 씨가 말한 것처럼 많은 미디어가 '다시로지마 섬의 고양이를 구하라!'는 프로젝트를 소개했다. 특히 아침 와이드쇼에 소개되었을 때는 그때까지 한 자릿수였던 홈페이지 접속이 백 건, 천 건을 넘었다.

'고양이 보기 좋은 날 별관' '마루코의 집' 같은 일본 인기 고양이 블로거들도 '냥이 프로젝트' 배너를 블로그에 달았고 일본 전국 애묘인들 사이에서 자발적으로 '냥이 프로젝트'

응원단도 생겨났다.

어떤 사람들이 지원에 참가했는지 그 내역을 확실히 알 수 는 없지만, 프로젝트 담당자들은 그 대부분이 '고양이 때문' 이라는 느낌을 받았다고 한다.

"고양이가 지금까지 생활하던 대로 지낼 수 있는 환경을 만들어주면 된다."

"고양이가 평화롭게 살아가기 위해 다시로지마 섬사람들 의 생활이 안정될 필요가 있다."

"다시로지마 섬사람들과 고양이들의 미래가 희망으로 가 득찰 수 있도록, 적은 돈이지만 '냥이 프로젝트'에 참가했습 니다."

"프로젝트가 궤도에 올라서 고양이와 사람이 행복한 섬으 로 돌아갈 수 있기를⋯⋯!!"

이런 코멘트와 함께 지원금도 모여들었다.

이렇게 2011년 8월 말, '냥이 프로젝트'는 겨우 3개월 만에 목표 금액을 달성한다.

"달성 시점에 모집은 종료했습니다. 만약 그대로 두었다 면 대체 어디까지 갈까 싶을 정도의 반향이었습니다."

오가타 씨가 말한 것처럼, 모금을 시작한 다른 단체들보다 훨씬 빠른 속도로 목표를 달성했다.

프로젝트 멤버가 당초에 생각하던 '지원자 수는 고양이로 늘어난 관광객 수 플러스 알파'라거나 '지원금은 아무리 빨리 모인다 해도 일 년 이상은 걸린다'는 예측은 좋은 의미에서 빗나가고 말았다. 이름하여 '고양이 파워'가 사람의 능력을 넘어선 순간이었다.

쓰다 씨도 그 사실을 느끼고 있었다.

"2006년 이후 고양이를 보러 오는 관광객 수가 늘어가는 것을 제 눈으로 보아왔습니다. 그것은 그것 나름대로 놀라움이었지요. 하지만 관광객들은 섬에서 거의 돈을 쓰지 않았습니다. 섬에 숙박하는 사람이 숙박비를 낸다고 하지만 섬에는 기념품 가게도 무엇도 없기 때문에 돈을 쓰려도 해도 쓸 곳이 없었습니다. 그래서 관광객이 늘어난다는 것을 실감하면서도 금전적인 실감은 없었습니다. 그런데 이런 결과를 가져왔습니다. 애묘인들의 힘에 놀라기도 했지만 동시에 그 돈이 가진 의미의 무거움에 마음을 다잡게 되었습니다."

生産者 松原健次

群馬 いちご

JA全農ぐんま

2L L M

복구 과정에서 의견이 갈리다

돈이 모이기 시작하면서, 지금까지 프로젝트에 관심이 없어 설명회에도 참가하지 않던 주민들도 흥미를 가지게 되었다. 세 명이 시작한 프로젝트도 점점 멤버가 늘어, 열두 명이 되었다. 당초에는 섬 바깥 사람에게 돈을 받는다는 사실을 싫어하던 사람들도 "섬 재건에 도움이 된다면"이라면서 프로젝트에 참가는 하지 않더라도 활동을 인정해주게 되었다.

"보시를 받는 것이 아닙니다. 이 프로젝트는 지원모금입니다. 지원자에게도 제대로 사례를 할 겁니다."(오가타 씨)

이렇게 보통의 기부가 아니라는 사실을 섬사람들이 이해하기 시작하자, 이번에는 '섬 전체에 프로젝트를 띄워보자'는 흐름이 생기기 시작했다. 이전에는 낚시꾼만을 생각하고 있었지만, 고양이를 보러 오는 관광객들이 무언가 섬에서 추억을 남길 수 있는 것을 만들어보자는, 지금까지는 없었던 의견도 나오기 시작했다.

"프로젝트 멤버뿐 아니라, 섬 전체에 일체감이 생겼다는 생각이 들었습니다. 다 함께 섬을 다시 일으켜 재난 전보다 좋은 섬을 만들자는 공기가 생겼습니다."(나카코지 씨)

하지만, 좋은 일만 일어나지는 않았다.

지금까지 구경한 적 없던 규모의 큰돈이, 단 3개월 만에 모이면 '어떻게 사용할지에 대한 의견'이 늘어나는 것도 당연한 일이었다.

쓰다 씨는 동감했다.

"국가의 2차 보정예산 중 복구, 부흥 예비비나 특별교부세를 이용한다면, 어업 관련한 보조금을 받을 수 있는 것 아니냐는 의견이 있었습니다. 프로젝트 때문에 '혹시 어업 관련 보조금은 별로 잡히지 않는 것 아닌가' 하는 의견도 나오기 시작했고요. 프로젝트 이름에 '냥이'가 있으니까 좀 더 고양이 관련한 일에 돈을 써야 하지 않냐는 목소리도 있었습니다."

하지만 프로젝트를 진행하는 사람들은 굴 양식대를 무엇보다도 빨리 만들고 싶다고 생각했다. 1구좌 재난 지원모금에 대한 감사의 뜻으로 약속한 것이 굴이었기 때문이다. 그리고 단 몇 명만으로 프로젝트를 이끌어오는 과정에서의 피

집 앞에서 고양이 사료를 받아먹는 고양이들. 이다음 열 몇 마리가 넘는 고양이가 찾아왔다.

로도 있었다.

하지만 다시로지마 섬을 위한 '냥이 프로젝트'였다.

"섬을 위한 일이라면, 애초의 계획과 다르게 돈을 사용하는 방법이 달라져도 괜찮다고 생각합니다. 하지만 이렇게 섬의 모두가 고심해서 섬을 위해 돈을 사용하고 또 그 돈이 또다른 재난지를 위해 쓰여, 다시로지마 섬만이 아닌 미야기현에도 도움이 된다면, 지원해준 분들도 기뻐해줄 것이라고생각합니다."(나카코지 씨)

재난이 닥친 지 일 년이 흘러, '냥이 프로젝트'는 일시적으로 활동을 중단했다. 그것은 상상 이상으로 빨리 목표 금액에 도달했기 때문에 생긴 혼란이라고도 할 수 있다. 지원금을 낸 목적에는 '어업에 사용될 설비에 쓴다' '항구 보수작업에 쓴다' '굴 양식업을 위해 쓴다' '고양이를 위해 쓴다' 등 다양한 의견이 혼재되어 있다.

결국 준비 부족이었다. 원래대로라면 프로젝트를 시작하고 일 년 이상 시간을 들여 준비를 했어야 하지만, 2개월로준비기간이 끝나버린 것은 오판이었다.

무엇보다도, 섬 주민들은 '우리를 우선해서 복구해주기 바란다'는 이유로 여러 의견을 내고 있는 것이 아니었다.

"고양이를 보러 섬에 와주는 사람들에게 쉴 수 있는 곳이
나 화장실 등을 좀더 만들어주고 싶다" "섬 지도나 안내도
등을 알기 쉽게 바꾸는 편이 좋을 것 같다" 등 섬에 오는 사
람들을 위한 의견도 적지 않았다.

'냥이 프로젝트' 홈페이지 댓글에 다음과 같은 글들이 있
었다.

"섬사람들이 사용하도록 낸 돈이기 때문에 섬사람들이 납
득이 될 때까지 이야기를 주고받으면 됩니다."

"천천히 해도 괜찮습니다."

"섬 주민들의 이해와 인정을 받을 수 있으면 됩니다. 다시
로지마 섬이 '애묘인들이 모이는 섬'이 되면 좋겠네요."

지원금을 낸 사람들은 "섬 주민들이 납득하는 상태에서 프
로젝트를 진행하는 것"만을 바라고 있었다.

복구 후 다시로지마 섬의 모습

이번 취재 때문에 다시로지마 섬을 여러 번 찾았다. 항구에서 그물 보수를 하던 80대로 보이는 노인에게 "고양이 좋아하십니까?" 하고 물어본 적이 있다. 그러자 그 노인은, 웃으면서 얼굴을 들어 "안 좋아해요"라고 대답했다. 쌀쌀맞은 대답이었지만, 얼마 지나지 않아 노인은 항구에 모여 있던 일고여덟 마리 고양이에게 바다에서 갓 끌어올린 작은 생선을 던져주고 있었다.

그중 생선에 달려들지 못하는 회색의 마른 얼룩 고양이가 있었다. 노인은 일어서서 그 고양이를 향해 "너는 우리집에 와" 하고 말을 걸더니 낡은 50cc 스쿠터를 타고 집으로 향했다.

그러자 그 마른 고양이는 마치 노인의 말을 이해한 듯 스쿠터 뒤를 쫓아 달려가기 시작했다.

이것은, 다시로지마 섬에서는 극히 보통의 광경이라고 오가타 씨는 말한다.

"아까도 말했지만 섬에는 기념품 가게도 무엇도 없습니

다. 고양이를 보러 온 관광객이 '식당은 없습니까?' 하고 물어도 '섬에는 식당이 없습니다'라고 말할 수밖에 없지요. 최근에는 여름에만 '만화 아일랜드(만화 원화 등이 전시된 위락시설)'나 니토다 항 옆의 포켓비치pocket beach에서 음료수나 섬의 기념품을 팔게 되었지만, 섬에 와도 기념품도 없고, 그저 고양이와 주변 풍광을 보고 돌아가는 수밖에 없었습니다. 재난의 피해, 쓰나미의 비극을 계기로 고양이를 통해 모은 돈을 사용해 섬의 재건뿐 아니라 이후의 모습을 바꿔나가지 않으면 다시로지마 섬을 걱정해주신 분들에게 죄송스럽겠지요."

옛날부터 함께 생활하던 고양이가 손님을 불러왔고 재난 후에는 복구 지원모금까지 불러왔다. 그리고 '섬은 아무것도 바뀌지 않아도 된다'는 섬사람들의 의식을 '섬을 관광객이 즐길 수 있는 곳으로 만들고 싶다'로 바꾸었다.

오른발을 들어 손짓하는 고양이는 '돈과 복을 부른다'고 하고, 왼발을 들어 손짓하는 고양이는 '사람을 부른다'고 한다. 아무래도 다시로지마 섬의 고양이는 양발을 들고 손짓하는 마네키네코(招猫, 한쪽 발을 들어 사람을 부르는 시늉을 하는 고양이 인형. 손님과 재물을 부른다고 한다—옮긴이)인 것 같다.

하지만 고양이들은 자신들이 다시로지마 섬의 복구 지원

만화가 지바 테쓰야 씨와 사토나카 마치코 씨가 디자인한 통나무집 '만화 아일랜드'. 지진 때문에 지금은 폐쇄된 상태다.

모금에 큰 힘을 발휘했다는 사실을 모른다. 고양이들은 단지 지금까지 그랬던 것처럼 비바람과 추위를 피할 수 있는 곳과 먹이만 있으면 된다. 일본 전국에서 "다시로지마 섬 고양이들을 구하자"며 애묘인들이 궐기했다는 사실도 별 상관없다. 그것이 바로 고양이다.

3부

‘냥이 프로젝트’의
무대 뒤

◎◎ 홈페이지의 존재가 단숨에 커졌다

'냥이 프로젝트'는 만든 사람들도 상상하지 못할 속도로 소위 애묘인들 사이에서 널리 퍼졌다.

홈페이지(http://www.nyanpro.com)를 보고 그 자리에서 바로 1만 엔을 송금한 마이야 씨(가명, 39세 회사원)는 홈페이지 디자인에 그 비밀이 있다고 한다.

"저는 홈페이지 맨 위에 있던 '고양이를 살려주세요'라는 카피에 넘어갔습니다. 다시로지마 섬의 존재는 예전부터 알고 있어서 언젠가 가보고 싶다고 생각하던 참이었습니다. 그 섬의 홈페이지가 도움을 요청하고 있다 생각하니 가만히 있을 수가 없었어요."

이런 식으로 홈페이지를 보고 지원자가 된 마루 씨(44세 주부)도 말한다.

"저는 가족이 반대하기도 하는데다 아이에게 알레르기가 있어서 고양이를 키울 수가 없어요. 그래서 공원의 길고양이

고양이들의 코 뽀뽀. 친한 고양이들 사이에서 쉽게 볼 수 있는 인사다.

에게 가끔 먹이를 준다던지 하고 있었어요. 하지만 이렇게 당당히 고양이를 살릴 수 있다면 1만 엔은 큰 금액이 아니었 어요. 홈페이지에 있는 고양이들 사진을 보고 이 일은 도울 수밖에 없겠구나 하고……"

프로젝트 초기에는, '냥이 프로젝트' 홈페이지 맨 위에 '고 양이 섬을 구해주세요'라는 카피가 있었고 폐자재 앞을 헤매 는 고양이 사진이 놓여 있었다. 모금이 목표 금액을 달성한 지금, 그 페이지를 볼 수는 없지만 애묘인들이 보기에는 '고 양이 섬=고양이들'로 읽힌 것이 틀림없다.

지원자 시모노 씨는 지원금이 쓰이는 곳이 고양이뿐만이 아님을 알고 있었다고 한다.

"홈페이지에도 고양이를 구하는 것뿐 아니라 섬의 산업인 굴 양식대나 그 외 어업 관련 수선, 보수, 구입 경비를 주로 하는 모금이라는 사실이 확실하게 명시되어 있었고, 그건 저 도 이해가 갔습니다. 하지만 어떤 섬의 고양이가 측은한 상 황이다 싶으면 어쩔 수 없이 고양이를 도와야 한다는 마음으 로 가득차버리네요."

당초부터 프로젝트에 관심이 있어 일찍부터 멤버가 되었

던 다시로지마 섬의 민박집 '하마야'의 주인 하마 유타카浜温 씨(53세)도 확실히 고양이 때문에 반응이 가장 컸다고 분석한다.

"민박집을 경영하면, 고양이를 보러 온 관광객들의 이야기를 이것저것 듣게 됩니다. 저도 고양이를 좋아하니까요. '고양이가 힘든 상황에 처해 있다'고 하면 안절부절못하게 되지요. 실제로 재난 후에 도망간 고양이들은 금방 항구로 돌아오지 않았습니다. 하지만 고양이가 아닌 섬의 산업이나 사람들을 도와주길 바랐습니다. 그래서 '다시로지마 섬의 고양이를 살려주세요'라고 하지 않았어요. 살려주길 바랐던 건 고양이 섬이었던 거예요. 사람을 구하는 것이 결국 고양이를 구하는 길이라는 것을 애묘인들은 이해해주었지요."

민박집을 하고 있어서인지 하마 씨에게 지원자들의 전화가 자주 온다.

"그런데 텔레비전에 방영되고 나서 갑자기 전화도 지원금도 늘어났지요."

확실히 공중파의 영향력은 적지 않다. 하지만 이 경우, 인터넷을 통한 '냥이 프로젝트'의 파급력도 무시할 수 없다.

"저는 고양이 섬에 대해 텔레비전 방송으로 본 적이 없어서, 섬이 위기에 빠졌다는 사실을 알게 된 건 인터넷을 통해서였습니다. 처음에는 고양이 블로그를 통해 알았고요."(마이야 씨)

블로그란 인터넷상에서 사진이나 글로 일상을 적는, 소위 일기 같은 것으로 고양이와의 생활 등을 소개하는 블로그를 '고양이 블로그'라고 부른다.

당시, '스게네코'나 '마룻꼬 엄마' 같은 인기 고양이 블로그의 블로거가 텔레비전 방송에 소개된 '냥이 프로젝트'를 블로그에 포스팅했다. 게다가 고양이 블로거가 아닌 사람까지도 '냥이 프로젝트'가 소개된 방송 화면을 캡처해 블로그에 올리면서 이 프로젝트를 소개했다.

"제 경우에는, 고양이를 좋아하는 지인이 메일로 '냥이 프로젝트'의 URL을 보내주었어요. '어떻게든 응원해줍시다'라고 그 메일에 쓰여 있었지요. 그런 메일이 며칠간 열 통도 넘게 왔어요. 그러니까 저도 '이런 지원 방법도 있는 것 같습니다' 하고 적어 URL을 고양이를 좋아하는 지인에게 전송하곤 했지요."(마루 씨)

비슷한 이야기를 마이야 씨에게도 들었다. 텔레비전 방송은 제시간에 방송을 본 사람이 아니라면 반응할 수 없지만, 인터넷은 정보를 접한 그 순간 '냥이 프로젝트' 홈페이지에 접속할 수가 있다. 그리고 바로 지원도 할 수 있고 친구에게 권유할 수도 있다.

'냥이 프로젝트'가 이렇게 애묘인들 사이에서 순식간에 퍼졌다는 사실을 상상하기는 어렵지 않다.

"저는 3개월 만에 1억 5천만 엔이 모였다는 이야기를 들었을 때, 고양이를 좋아하는 사람들의 힘이라는 건 엄청나구나 하고 생각했습니다. 저도 참여하긴 했지만 인터넷으로 이렇게나 소문이 났으니 한편으로 믿지 못할 속도는 아니구나 했습니다."(시모노 씨)

◉◉ 고양이 블로그와 길고양이

고양이를 좋아하는 사람들의 힘이 지원의 형태로 다시로지마 섬에 결집되었다고 한다면, 이를 뒷받침한 것 중 하나는 2006년 즈음부터 이어진 '고양이 붐'이라고 할 수 있다.

개가 키운 고양이 '쓰부'의 인기 블로그를 책으로 만든

『쓰―블로그』나 고양이냄비(전골냄비 안에 고양이가 들어가 누워 있는 모습―옮긴이) 붐의 근원이 된 블로그 책『상자 고양이』를 만든 다카라지마 사寶島社 편집자, 시미즈 고이치清水弘一씨는 이 고양이 붐을 이렇게 분석한다.

"개가 개의 종류에 따라 인기가 달라지는 것에 비해, 고양이의 경우, 고양이의 종보다도 집고양이인가 길고양이인가로 나뉩니다. 옛날 '나메네코(폭주족 복장을 한 고양이―옮긴이) 붐'이라는 것도 있었지만, 고양이는 그 존재만으로 캐릭터가 생겨나기 쉽습니다. 고양이는 '네코'(寢子, '자는 아이'라는 뜻으로 고양이를 뜻하는 일본어 '네코'와 발음이 같다―옮긴이)라고도 부를 수 있는 것처럼 그 여유 있는 느낌이 좋습니다. 불경기여서 더욱 바빠져 시간에 쫓기는 현대인들은 무엇에도 속박되지 않은 듯 자유로운데다 귀엽기도 한 고양이에게 위로를 받고 있지요."

고양이의 경우, 가족에게 고양이 알레르기가 있다면 키울 수 없는 경우도 있다. 하지만 '길고양이'가 주변에 있다거나, 고양이 카페같이 고양이를 접할 수 있는 곳도 있다. 고양이 붐은 고양이를 키우는 사람들을 넘어서 그 저변이 넓어지고 있는 것이다.

길고양이와의 생활을 담은 '고양이 블로그'가 점점 늘어가는 것도 이 시기였다. 일본 '인기 블로그 랭킹(http://blog.with2.net)'이라는 사이트의 '고양이 블로그 랭킹' 상위를 점하는 애묘인 단골 사이트 '우니의 비밀기지' '아메숏입니다' '코하루 이야기' 등은 모두 이 시기에 시작되었다.

그중 일본의 고양이 블로그 인기에 불을 붙인 역할을 했다고 할 만한 블로그는 '핫짱 일기'다. 사진가 하니 하지메ハニ 씨가 공원에서 주운 길고양이, 핫짱의 일상을 블로그에 소개한 이후로 단숨에 고양이 블로그가 늘어났다. 덧붙여 고양이 핫짱의 블로그는 그후 단행본으로 출간되어 고양이 사인회가 열릴 정도로 인기를 얻었다.

이렇게 인기 고양이 블로그는 책으로 출간되어 서점에 '고양이 블로그-책' 코너가 따로 생길 정도가 되었다. 이는 지금까지도 그렇다.

이 붐을 뒷받침한 것 중 하나로 고양이 카페의 유행도 들수 있겠다. 고양이 카페 대부분에서는 머무는 시간에 따라 이용 요금을 정하고 거기에 사람의 음료와 음식 값을 받는다. 고양이가 먹을 간식이나 관련 상품을 판매하는 곳도 있다.

카페라고는 하지만 테이블이나 의자가 준비돼 있지 않은 곳도 많다. 특정한 고양이 종을 갖춘 곳도 있지만 다양한 종의 고양이나 잡종 고양이를 다수 두고 있는 게 일반적이다. 그중에서는 입양할 사람을 모집하는 곳이나, 고양이가 있는 공간과 카페 공간을 나눠놓은 곳도 있다.

덧붙여, 인터넷에서 '고양이 카페'를 검색해보면, 약 2백여 군데의 고양이 카페가 나온다. 도쿄 23구로 좁힌다면 40개의 고양이 카페가 존재한다.

"공원의 길고양이들은 자신을 사람들이 만지도록 좀처럼 허락하지 않습니다. 그만큼 친숙해지기 위해서는 몇 번이고 몇 번이고 먹이를 주기 위해 공원으로 발걸음을 옮겨야 하지요. 하지만 길고양이가 아기를 낳아 점점 길고양이가 늘어나는 것이 사회적 문제가 되기도 해서, 점점 자유롭게 고양이와 교류하는 것이 어려워지고 있습니다. 그런 사정도 있어서 특히 도심부에서는 고양이 카페가 수를 늘리고 있는 것일 테지요. 돈만 낸다면 여유롭게 고양이를 쓰다듬을 수도 있고 같이 놀 수도 있으니까요."(다카라지마 사 시미즈 씨)

한편, 길고양이의 존재도 이 붐 속에서 무시할 수 없는 요소다.

일반적으로 길고양이의 경우, 개와는 달리 당국에 신고되지 않고 다양한 곳에 존재한다. 근방에 사는 주민이 주는 먹이를 먹으면서 길고양이가 그 지역에 '동네 고양이'로 정착하는 경우도 적지 않다. 이 동네 고양이는 특정한 주인 없이 복수의 주민이 돌봐주고 관리하는 고양이를 말한다. 이 관리에는 거세, 피임 수술을 시행하는 일 등도 포함되어 길고양이와는 구분된다.

일본의 동네 고양이 기르기는 2007년 가나가와 현 요코하마横浜 시 이소고磯子 구 주민이 자발적으로 시작한 운동이 그 시초라고 한다. 이곳에서 동네 고양이 운동이 알려지기 시작해 동네 고양이 제도가 보급되었다. 길고양이가 동네 고양이가 됨으로써 어떤 종류의 '시민권'을 획득했다고도 말할 수 있다.

이 흐름은 다시로지마 섬과는 관계가 없는 것처럼 보이지만, 다시로지마 섬 고양이는 제도와 상관없이 사실상 동네 고양이라 할 수 있다. 즉, 동네 고양이 운동 또는 고양이 블로그의 인기 등을 생각해본다면 이런 붐 없이는 '냥이 프로젝트'는 불가능한 일이었을지도 모른다.

다시로지마 섬의 고양이들

다시로지마 섬 고양이는 항구 주변에만 있는 것은 아니다.

"다시로지마 섬에는 항구에 가지 않는 고양이도 꽤 있습니다."(민박집 '하마야' 하마 씨)

항구에서 마을을 지나 산 쪽으로 걸어가봤다. 밭과 민가가 드문드문 보이는 지역에 들어섰다. 여기에도 많은 고양이들이 살고 있다. 산길을 걷다 가파르지 않은 비탈길에 다다르자, 이곳저곳에서 고양이가 뛰어온다. 어라, 어라 하는 와중에 열 몇 마리의 고양이에게 둘러싸였다.

"여기 있는 고양이들은 항구에서 생선을 받아먹지 않아요. 산에 사는 사람들에게 먹이를 받습니다. 산이라고 해도 여긴 작은 섬이니까 항구와 멀리 떨어져 있진 않아요. 산에 사는 사람들도 물론 항구에 갑니다. 그러니까, 항구에서 가져온 생선을 고양이들은 산에서 받기도 하고 뭐 그런 거예요."(하마 씨)

살펴보니 항구에 있는 고양이는 다리가 짧고 땅딸막하다. 한편 산에 사는 고양이는 다리가 길고 늘씬한 고양이가 많다.

하지만 털 무늬는 항구 고양이와 산 고양이가 다르지 않다.

산골짜기 민가 앞에서 고양이에게 먹이를 주고 있는 50대 남성에게 고양이의 종류에 대해 물어보았다.

"빨간 털 고양이는 죽은 지 한참 됐어. 그러고 나서 '차토라(노란 털의 호랑이 무늬를 한 고양이—옮긴이)'라고 부르는 고양이가 없어지고…… 지금은 줄무늬랑 턱시도 고양이라 하는 게 많지."

그러고 보면 다시로지마 섬에 삼색 고양이는 있는데 차토라가 없는 것은 신기한 일이다. 게다가 의외로 장모종 계열의 몸이 털로 뒤덮인 고양이도 적지 않다.

작은 트럭에서 가져온 먹이를 길옆에 조금씩 놓아두며 오가타 씨는 말한다.

"옛날에 산에 살던 할머니가 페르시아고양이나 친칠라 같은 종류의 고양이를 데리고 왔어요. 긴 털 고양이들은 전부 그 자손입니다. 지금 그 작은 것이 아마 7대째일 거예요."

오가타 씨가 놓아둔 먹이를 고양이는 당연한 듯 먹기 시작한다. 덧붙여, 고양이를 위한 이런 먹이는 재난 전부터 '기부' 형태로 섬에 보내지고 있었다고 한다.

항구 고양이. 싱싱한 작은 생선이 주식이기에 다소 비만 체형이다.

산 고양이. 주로 고양이 사료를 먹기 때문인지 항구 고양이들에 비해 날씬한 체형이다.

이렇게까지 고양이에게 극진한 섬이지만, 민박집 '하마야'의 하마 씨는 재난 후에 자원봉사로 온 수의사에게 이런 이야기를 들었다.

"수의사가 '근친교배가 너무 많이 진행되어, 언젠가 섬 고양이 개체수가 줄어들 겁니다' 하고 말했어요. 밖에서 다른 고양이를 들이지 않으면 안 될 거 같아요. 다시로지마 섬의 복구와 함께 슬슬 고양이 그 자체에 대해서도 제대로 생각하지 않으면 안 되겠지요."

확실히 최근 태어난 아기 고양이들은 몸이 작고 잘 자라지 않는다.

"고양이는 관광자원 이전에 섬의 수호신입니다. 고양이의 위험은 섬의 위험이라고 할 수 있지요."

'냥이 프로젝트' 대표 오가타 씨는 그렇게 말하며 얼굴을 들었다.

고양이 신사에 봉납된 고양이가 그려진 돌들.

4부

고양이 섬에서 시작된
조그마한 기적

◉◉ 고양이와 사람이 절묘하게 공존하는 비결

도쿄東京 역에서 도호쿠 신칸센으로 센다이仙台까지 간다. 만약 아오모리青森 행 신칸센 '하야부사' 3호를 탄다면 약 1시간 반 만에 센다이에 도착할 수 있다. 하야부사 일반 요금은 10890 엔. 재난 전이었다면 JR센세키仙石 선으로 센다이부터 이시노마키까지 쾌속열차로 약 1시간이면 갈 수 있었지만, JR센세키 선의 다카기마치高城町 역에서 야모토矢本 역 사이가 쓰나미 피해로부터 아직 복구되지 않았기 때문에, 이시노마키까지 직행으로 갈 수가 없다. 그 때문에 마쓰시마카이간松島海岸 역에서 버스로 갈아타야 한다. 또는 센다이부터 편도 800엔의 고속버스로 이시노마키에 가는 것이 일반적인 경로다.

이시노마키에 도착해 옛 기타카미 강 아지시마 섬 라인에 승선, 1시간 걸려 다시로지마 섬 니토다 항에 도착한다. 하지만 상대는 바다다. 바람이 강해지면 배가 흔들려서 예정대로 도착할 수 없다. 바람과 파도가 거세면 결항하는 경우도

왼쪽은 오시카 반도. 그 뒤로 보이는 섬 그림자가 다시로지마 섬이다.

있다.

게다가 이시노마키에서 출발하는 페리는 9시, 14시, 16시 10분 이렇게 세 편밖에 없다. 섬에서 이시노마키로 향하는 배도 7시 30분, 12시, 14시 48분밖에 없어 전날 센다이나 이시노마키 시내에서 숙박을 하거나, 두 곳만 문을 다시 연 섬의 민박집에서 1박을 하는 방법밖에 없다. 도쿄에서 당일치기로 다녀오는 것은 불가능하다.

다시로지마 섬에 가본 적이 있는 겐짱 씨(가명)는 이렇게 말한다.

"'추운 겨울에는 고양이가 그다지 밖에 나오지 않는다'는 말을 들은 적 있습니다. 그러니까 겨우 시간과 돈을 들여 섬에 가도 고양이가 안 보이면 어쩌나 하고 불안해지지요. 애묘인들에겐 그런 '심리'가 있습니다."

개인적인 이야기라 쑥스럽지만 애묘인의 한 사람으로서 정말 공감되는 이야기다. 만남의 순간이 소중한 것이 고양이. 만났기 때문에 열심히 길들여 먹이를 먹게 하고, 길고양이를 데려다 키우기 시작한 사람들이 있다. 길고양이는 많이 길들여졌다 해도 어루만지도록 쉽게 허락하지 않는다.

니토다 항에 내리자마자 많은 고양이들이 사람들을 맞이한다. 애묘인들에겐 참을 수 없는 모습.

집 주변의 길고양이들도 그러한데 다시로지마 섬 고양이들을 만날 수 있는 가능성이 낮다는 말을 들으면 이상하게 거꾸로 의욕이 솟아버리기도 한다.

앞서 말한 것처럼 다시로지마 섬에는 지금도 재건과는 아직 조금 먼 '광경'이 펼쳐져 있다. 니토다 항에 도착하기 전, 배가 항구에 가까워지면서 점점 눈앞에서 커지는 항구의 폐자재 산을 보는 것은 괴로운 일이다. 하지만 배에서 내리면 그곳에 고양이가 있다. 내가 있는 곳을 응시하면서 처음엔 슬금슬금 다가오다가 곧 일직선으로 뛰어온다. 아마도 재난 후에 태어난 듯한 몸집이 작은 턱시도 고양이가 다리에 감겨오길래 머리를 쓰다듬었다. 기분 좋은 듯 눈을 감는다. 여기 고양이들은 길고양이이지만, 실제로는 고양이들에게 섬 전체가 커다란 집이다. 따라서 집에서 길러지는 고양이처럼 사람을 무서워하지 않는다. 그래서인지 사람 목소리를 들으면 다가온다.

턱시도 고양이를 쓰다듬고 있으니 생선을 담는 플라스틱 상자 뒤에서, 쓰레기 더미 위에서, 항구의 어구를 뛰어넘으며, 고양이가 여기저기서 우글우글이라고 표현해도 될 정도로 다가온다. 뭐라고 말해도 상관없다. 애묘인들은 이 순간을 위해 다시로지마 섬에 오는 것이다.

하지만 그 행복한 순간도 어부 할아버지의 배가 돌아오면 끝나버린다. 달라붙어 있던 고양이들은 쏜살같이 배가 닿은 곳으로 뛰어가, 배 앞에 예의 바르게 정렬한다. 어부 할아버지가 흠집이 난 생선을 던져주길 기다리는 것이다.

고양이에게 버려진 애묘인에게는 슬픈 순간이지만 이렇게 넉살 좋게 섬 주민으로서 사람들과 공존하는 고양이들을 가까이에서 보면 '동화의 나라'에 온 것 같은 착각마저 든다.

"섬에 온 사람들이 고양이와 같이 놀고 싶어한다고 생각하지만 '섬사람들이 고양이와 대수롭지 않게 살아가는 풍경을 볼 수 있는 게 무엇보다도 기쁘다'고 말하는 사람도 많습니다."

고양이 블로그-책을 만든 편집자 시미즈 씨가 말하는 것처럼 애묘인들은 다시로지마 섬에서 사람과 고양이가 아무렇지 않게 공존하는 것에 경외심에 가까운 감정까지 품고 있는 것이다.

생선을 받기 위해 순서를 기다리는 고양이들. 어부가 흠집이 난 생선을 가리는 동안 고양
이들은 어른스럽게 가만히 앉아 있었다.

고양이도 사람도 건강하게 있어주길

'냥이 프로젝트'를 지원한 사람들은 어떤 사람들인지 궁금해
졌다. 그러나 개인정보에 대해 함부로 프로젝트 멤버에게 물
어볼 수는 없었다. 그래서 도쿄 시내의 고양이 카페 몇 곳에
질문지를 놓아두었다.

질문은 다음 세 가지였다.

• '냥이 프로젝트'에 대해 알고 계십니까?

• 지원하셨습니까?

• 어떤 이유에서입니까?

전부 73건의 답을 받았다. 그중 "프로젝트를 지원했다"고
하는 사람은 37명이나 되었다.

"다시로지마 섬에 한번쯤 가보고 싶다고 생각했었는데, 인
터넷에서 소식을 접하자마자 지원을 결심했습니다."(자코 씨,
41세)

"진원지에서 가까우니 고양이들은 괜찮은지 줄곧 걱정하

고 있었습니다."(미와 씨, 41세)

"여자친구가 가르쳐주었습니다. 고양이 카페의 즐거움도 여자친구가 가르쳐주었어요. 고양이를 위한 일이라면 해야죠."(다카야 씨, 33세)

"고향의 어머니가 '텔레비전에서 이런 걸 보았는데 우리 집엔 컴퓨터가 없으니까 대신 부탁해. 돈은 계좌로 보낼게' 하고 전화를 하셔서 알게 되었습니다. 어머니 것, 제 것 합계 2구좌 협력했습니다."(미사 씨, 31세)

고양이 카페에 오는 사람들이니, 애묘인들이 대부분일 것이다. 하지만 이 프로젝트를 모르는 사람이 반수 정도라는 사실은 의외이기도 했다.

"연세가 있으신 분들은 인터넷을 보지 않으니까요. 1구좌 주주라는 것이 무엇을 의미하는지 모르는 사람도 있었던 것 같습니다. 재난자 지원은 '기부'를 통해 하는 것이라고 생각하는 분이 꽤 있었지요"라고 치요다千代田 구의 잡종 고양이를 모아놓은 고양이 카페 주인은 말한다.

"다시로지마 섬 고양이는 사진집도 있을 만큼 인기가 있어요. 저도 우리 카페에 오시는 손님들에게 이 프로젝트에 대해 이야기하곤 했습니다. 이곳에 오는 손님들 중에는 고양이

를 좋아하지만 기를 수 없는 경우가 많은데요, 프로젝트에 대해 알게 된 분들은 대부분 지원을 했습니다. 모르는 분들 중에서 방법을 가르쳐달라고 하던 분도 계셨고요"라고 아사쿠사浅草 고토토이도리言問通り 상가의 고양이 카페 '아사쿠사 고양이집' 사이토 다카코齋藤貴子 대표는 말한다. 이 카페는 길고양이 보호, 입양 주인 찾기 같은 활동도 적극적으로 벌이고 있다.

"다시로지마 섬 프로젝트 이외의 모금도 소개하고 있고, 가게 이름으로 기부도 하고 있습니다. 그런 안내를 보면 손님들 대부분이 어딘가에 기부를 하기 시작하네요."

덧붙여, 사람들이 지원한 이유의 60퍼센트를 점하는 것이 "고양이를 구하고 싶어서"였다.

"다시로지마 섬 고양이에 대해 예전부터 알았습니다. 재난 후, 지원물자를 재해지에 보냈는데, 이시노마키 시 쪽으로 고양이 먹이와 함께 '다시로지마 섬 고양이들을 위해 써주세요'라는 편지를 동봉해서 보냈습니다. 하지만 그게 다시로지마 섬에 도착했을지, 그 보증은 없었지요. 좀더 직접적으로 고양이들을 구할 수 있는 방법이 없을까 고민하던 때에 이 프로젝트가 시작됐습니다. 다시로지마 섬 고양이들을 구하려면 다시로지마 섬사람들에게 부탁할 수밖에 없으니까요"라고 고양이 카페에서 만난 여성(가오리 씨, 29세 주부)은 말했다. 그녀는 남편의 잦은 전근으로 고양이를 기를 수 없어 그 대신 근처에 사는 주부 친구들과 동네 고양이 돕기 등을 해왔다. 그 일환으로 지진 후 재난지에 애완동물 용품을 보내는 활동을 하고 있었다.

"그렇죠. 고양이를 구하기 위해서는 섬을 구하지 않으면 의미가 없으니까요" 하고 고양이 카페에서 고양이와 놀고 있던 여성(사키 씨, 39세 회사원)이 적절히 말을 보탰다.

"다시로지마 섬 고양이는 산고양이가 아니고 집고양이이지요. 그러니까 사람이 없으면 살아갈 수 없습니다. 다시로지마 섬사람들이 잘 생활할 수 있도록, 어업 같은 것이 다시 살아나지 않으면 고양이를 돌봐줄 사람은 없어지고 말아요. 고양이를 구하기 위해서도 다시로지마 섬사람들이 기운차게 지내야 해요."

사키 씨는 6월과 8월 2회, 한 구좌씩 지원했다고 한다.

이런 고양이 카페 외에도 고양이 섬을 도운 사람들이 있다.

어느 맑은 날 오후, 야나카긴자谷中銀座 상점가를 찾았다. 이곳에는 고양이 좋아하기로 유명한 '고양이와 공존하는 상점가'가 있다. JR닛포리日暮里 역에서 고텐자카御殿坂에 올라 시노바즈도리不忍通り를 향해 걸으면 '유야케단단'(유야케夕焼け는 저녁노을을, 단단은 계단을 뜻한다. 이곳에서 저녁노을이 아름답게 보인다고 작가 모리 마유미森まゆみ가 유야케단단이라 명명했다—옮긴이)이라는 계단식 언덕이 있다. 여기에서 200미터 정도 되는 거리가 상점가다. 도쿄의 동네라면 어디에도 있을 법한 정육점, 생선가게, 채소가게가 즐비하게 늘어서 있다.

그런 극히 평범한 상점가 이곳저곳에서 고양이가 잠을 자고 있다. 유야케단단 옆에서는 꼬리에 줄무늬가 있는 고양이가 검은고양이에게 장난을 치고 있다. 관광객은 그 모습을 카메라에 담기에 여념이 없다.

하지만 애묘인들을 이곳으로 부르는 것은 '살아 있는' 고양이뿐만이 아니다. 고양이 캐릭터 상품을 파는 상점가도 애묘인들에게 알려진 곳이다.

상점가는 이전부터 '야나카의 칠복신 만나기' '유야케단단 음악제' 등 이벤트에 힘을 쏟아왔지만, 2008년부터 "관광객이 더욱 즐거울 수 있는 거리를 만들자" 하고 '나무로 만든

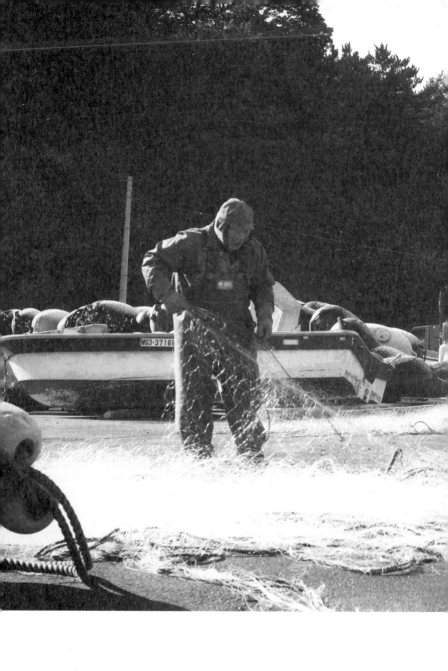

도와주고 있는 것일까. 이야기 상대를 해주고 있는 것일까.

고양이'를 등장시켰다.

예를 들어 무사시야武蔵屋라는 두부가게 옆에서 우리를 맞이해주는 것은 두 마리 마네키네코 '아냥'과 '우냥'이다. 의상과 장신구를 파는 가게 '하츠네야'의 지붕 위에는 진짜로 착각하기 일쑤인 목조 고양이가 있기도 하다. 소문에 따르면 이 고양이 조각이 움직인다고 하는데, 다른 장소에 있는 것을 아직 본 적은 없다.

그런 고양이를 찾아 걸어다니는 것이 이 야나카긴자 상점가를 즐기는 방법 중 하나다.

카메라를 들고 돌아다니는 사람이 많은 것은 당연하다. 고양이를 촬영하던 세 명의 여성(20대 회사원)에게 말을 걸어보았다. 고양이 섬에 대해 이야기하니, 세 사람 모두 "지원했습니다" 하고 바로 답을 해주었다.

"고양이 섬 지원에 참가했어요. 설마 쓰나미가 그런 작은 섬을 덮칠 줄이야…… 상상하는 것만으로 정말 무서워요. '섬에 사는 노인들도 고양이들도 무서웠겠구나' 생각했어요" 하고 한 명이 말하자 다른 둘도 고개를 끄덕였다.

그 옆을 지나던 부부(60대)에게도 물어보았다.

"2009년 가을 센다이로 친구를 만나러 가는 길에, 함께 다시로지마 섬을 둘러보았어요. 아무것도 없는 섬이지만요. 자식도 이제 다 컸고 둘이서 여행을 많이 다니거든요. 둘 다 고양이를 좋아하지만 여행 때문에 집을 자주 비워서 키울 수가 없어요. 그래서 섬에 가보았지요. 섬 고양이들도 사람들도 정말 소박하고 친절했어요."

'냥이 프로젝트'에 대해서는 딸에게 듣고 바로 지원을 했다고 한다.

"빨리 재건되어서 나 같은 관광객들이 다시 갈 수 있게 되면 좋겠어요."

이 상점가에서 36명에게 말을 걸어보았다. 그중 '냥이 프로젝트'를 안다고 하는 사람이 19명. 게다가 그 사람들 전부 프로젝트에 지원했다고 한다.

"고양이도, 사람도 힘들 거예요."(여성, 20대)

"가만히 내버려둘 수가 없어요. 여기도 엄청 흔들렸는데요. 분명 엄청 무서웠을 거예요."(여성, 40대)

"역시 말이죠. 생명이 있는 것에게는 전부, 가능한 모든 것을 해주어야죠. 고양이를 좋아한다는 사실만으로도 다시로지마 섬 고양이와 인연이 있다고 볼 수 있잖아요. 지원에 주저함은 없었어요. 아내와 둘이서 10구좌 지원했습니다.

아이들도 각자 지원을 한 것 같고요. 적은 금액이지만 모이면 큰 힘이 되니까요."(남성, 50대)

걸음을 멈추고 이야기를 해주는 사람들은 많지만 이름이나 나이를 좀처럼 밝혀주지 않는다. 하지만 자신의 이야기를 나눠준 사람들은 모두 웃는 얼굴로 '이런 일밖에 할 수 없지만 이런 것이라도 도움이 된다면야' 하는 마음을 가지고 있었다.

"마음 같아서는 몇 마리 거두고 싶지만 그럴 수가 없어요. 그래서 자기만족일지도 몰라요. 돈으로 고양이를 돕는다는 것은, 참 자기 멋대로죠."

마지막으로 만난 초로의 여성은 눈을 가늘게 뜨며 이렇게 이야기했다.

○ ○
재건, 그 너머에는

다시로지마 섬 '냥이 프로젝트'는 동일본 대지진으로 피해를 입은 어업이나 고양이를 돌보기 위해 만들어진 프로젝트다. 기본적으로는 지진 피해로부터의 복구 의미가 크고, 홈페이

낮잠을 자는 고양이. 재난 피해를 입은 작은 섬과 일본 전국을 이어준 것은 이 고양이의 힘이었다.

지에 쓰여 있는 것처럼 모금이 쓰이는 곳은 거의 정해져 있다. 그렇다, 재건이 목적인 모금이다.

하지만, 만약 재건했다고 해도 다시로지마 섬은 '한계집락'이고, 인구는 줄어들 뿐이다.

"섬의 젊은 사람들이 앞으로 섬을 활기차게 만들어야 합니다. 하지만, '굴 양식업이 부활했습니다, 항구가 고쳐졌습니다'만으로는 안 됩니다. 이전처럼 섬이 관광객들로 가득차는 모습을 보지 못하고 죽을 순 없어요. 지지 않을 겁니다."

프로젝트 대표 오가타 지카오 씨는 동일본 대지진 이전의 섬으로 돌아가는 것만으로는 지원해준 사람들에 대한 답례가 되지 못한다고 했다. 고양이를 만나러 오는 사람들을 위해서라도 잠시 쉴 수 있는 휴게소나 공중화장실 같은 것을 만들고 싶다고 했다.

"물론 재건이 최우선이지만요."(오가타 씨)

고양이 카페를 찾는 이들이나 야나카긴자에 고양이를 보러 가는 이들도 다시로지마 섬의 '새로운 부활'을 바라고 있다.

"다시로지마 섬에 가본 적 있어요. 다시로지마 섬만의 기념품을 사서 친구들에게 자랑하고 싶었는데…… 가게 자체가 없었어요. 노인들만 사는 작은 섬이니까 어쩔 수 없겠지

만 섬 아주머니들이 손수 만든 스트랩 같은 것이 있다면 정말 기쁠 것 같아요."(욧시 씨, 37세)

"재건한 후에 젊은이들이 섬에 이주하지 않으면 활기는 돌아오지 않겠죠. 지금은 관광객이 섬에 가도 돈을 쓸 곳이 없잖아요. 애묘인 관광객을 상대로 하는 사업을 해줬으면 좋겠어요. 예를 들어, 먹이를 주는 코너를 만들어서 먹이를 판다던가, 나라 현의 사슴 전병(나라 현 사슴 공원에서는 사슴에게 직접 먹이를 줄 수 있도록 전병을 판매한다—옮긴이) 같은 걸 시작해보면 어떨까요."(다카시 씨, 23세)

"좀더 깨끗한 숙박시설이 있으면 좋겠어요. 적어도 화장실이랑 샤워 시설이 딸린 방이 있으면. 하지만 가루이자와(輕井澤, 나가노 현의 고급 휴양지—옮긴이)처럼 화려한 건 싫어요."(미키 씨, 21세)

최근 재난 지원의 형태로 '도호쿠 관광지에 가서 현지에서 돈을 쓰고 오자'는 방법이 소개되기 시작했다. 주손지中尊寺 같은 오우슈 후지와라奧州藤原 가문이 영화를 누린 히라이즈미平泉 근방이 유네스코 세계유산에 등록된 즈음(2011년 6월경)이었을 것이다. 관광객이 재난 지역에 가서 그곳에서 숙박을 하고 기념품을 사는 것만으로도 그 지역에 현금이 돈다.

만약 꼭 재난 지역이 아니더라도 같은 현 안이라면 현금이 돌 수도 있다. 인기 고양이 블로그 '하얀 고양이'의 메와 씨는 블로그에 "현지 상품을 사는 것도 복구 지원"이라고 재난 지역 상품을 파는 온라인숍을 소개했다.

하지만 다시로지마 섬은 지금 '돈을 쓸 수 있는 곳'이 아니다. 기념품 가게도 매점도 없다. 밥도 음료수도 본토에서 가져오지 않으면 안 된다. 그렇다고 해서 이 섬에 편의점은 어울리지 않는다.

야나카긴자에서 뒹굴뒹굴 자고 있는 뚱뚱한 삼색 고양이를 일안 리플렉스 카메라에 담고 있던 여자아이가 말해주었다.

"다시로지마 섬은 자연이 만든 고양이 카페예요. 고양이에게는 평화가 어울려요. 재해를 뛰어넘어 활기찬 섬이 만들어지면 좋겠어요."

'냥이 프로젝트'는 고육책으로 시작된 프로젝트였다. 하지만 이 작은 기적은 섬사람들의 생각을 뛰어넘어 '재건의 새로운 상징'이 되어가고 있다.

다시로지마 섬 남동부. 작은 섬에서 시작된 기적은 일본 전체에 널리 퍼지게 되었다.

'고양이 섬'에 찾아온 두 번의 기적

고경원

고양이를 좋아하는 사람들이 한번쯤 꿈꾸는 여행이 있다. 고양이로 시작해 고양이로 끝나는 일정표를 들고 세계의 고양이 문화를 체험하는 것만큼 짜릿한 여행도 없으리라. 그래서 한 번 '고양이 여행자'로 살아본 사람은 어느새 다음 여행을 기약하게 된다. 가고 싶은 고양이 여행지의 목록을 수시로 업데이트하고, 때때로 할인항공권 사이트를 검색하면서 언제든 떠날 준비를 하는 것이다.

일명 '고양이 섬'으로 널리 알려진 다시로지마 섬은 2007년 여름휴가 때 일본 고양이 여행을 준비하면서 처음 알게 된 곳이다. 미야기 현 이시노마키 시에서 다시 배를 타고 1시간 더 들어가는 낙도인지라 다음 여행을 기약했지만, 독특한 고양이 섬의 내력을 알면 알수록 꼭 한번 가보고 싶었다.

인구 100명 안팎, 섬을 한 바퀴 돌아도 총 11킬로미터에 불과한 이 조그만 섬이 유명해진 건 오로지 고양이 덕분이었다. 고양이는 예로부터 다시로지마 섬에서 풍어의 상징으로 소중히 여겨온 동물이었고, 섬 내에는 고양이를 모시는 신사까지 마련되어 있다. 때문에 오늘날까지도 섬 안으로 개를 반입하는 일은 엄격히 금지될 정도라고 한다. 오랫동안 천적 없이 살아온 고양이들에게 육지에서 들어온 개들이 자칫 해를 입힐 수 있기 때문이다.

그렇다고 고양이가 신성시되는 정도는 아니다. 항구 근처에서 자유롭게 살아가는 고양이들은 섬의 명물이다. 바다에서 돌아온 어부들이 어망을 손질하면서 그날 잡은 생선 중에 상품성이 다소 떨어지는 잡어들을 툭툭 던져주면, 고양이들은 참을성 있게 기다리고 있다가 냉큼 받아먹는다.

먹이를 챙겨주지만, 그렇다고 해서 주민들이 길고양이를 애완의 대상으로 여기는 것은 아니다. 그저 오래전부터 사람 곁에서 함께 살아온 동물이기에, 무심히 같은 땅을 나눠 쓰면서 함께 나이를 먹어갈 따름이다. 다시로지마 섬을 찾아온 관광객들은 섬 주민과 길고양이가 자연스럽게 어우러지는 모습을 보며 도시에서 경험하기 힘든 담백한 정을 느낀다.

그뿐인가, 먹을 것을 요구하면서도 비굴함이 없이 "얼른 내놓거라" 하고 주장하는 고양이의 당당한 표정, 감사의 표시로 어부들의 다리에 꼬리를 살며시 감아오는 은근한 애교에 마음을 빼앗기지 않을 재간이 없다. 일본인들은 한가롭게 시간을 보내는 고양이들의 여유로운 모습을 보며 "치유됩니다"라고 말하곤 하는데, 다시로지마 섬이야말로 도시 사람들이 고양이를 통해 마음을 치유하고 돌아가는 섬이었던 셈이다.

인구 100명의 작은 섬, 고양이 천국으로 거듭나다

그 고즈넉한 풍경이 사람들을 감동시킨 덕분일까, 다시로지마 섬은 고양이 애호가들 사이에서 입소문을 타고 조금씩 알려졌다. 후지TV 계열의 방송 프로그램을 토대로 제작된 DVD 〈냥이 더 무비〉(2006)에 '사람보다 고양이가 더 많은 섬'으로 소개되면서, 다시로지마의 명성은 일본 전역에 퍼졌다. 고령화로 인해 점차 활기를 잃어가던 낙도가 '고양이의 천국'이라는 새로운 정체성을 얻게 된 것이다.

접근성이 떨어지고 흔한 기념품 가게 하나 찾아볼 수 없는 섬. 어찌 보면 관광지로서는 부적합한 면이 더 많은 곳이지만, 그 모든 불편함을 무릅쓰고도 굳이 섬을 찾아오는 사람들이 있는 것은 섬 고양이와 사람 들의 따뜻한 공존을 직접 보고 싶기 때문이다. 특히 흑백 얼룩 무늬 고양이 '귀 처진 잭'은 어부가 던져주는 생선 앞에서도 머뭇거리는 소심한 모습으로 애묘인들의 사랑을 한몸에 받았다. 또한 2006년을 전후로 활발히 활동하던 일본의 유명 고양이 블로거들이 '고양이 섬' 방문기를 블로그에 올리면서 꾸준히 화제가 되어, 다시로지마 섬은 연간 1만여 명이 찾아오는 일본 애묘인의 성지가 됐다.

이와 같은 성과를 바탕으로 다시로지마 섬은 2007년 가을 미야기 현 관광과에서 주최한 관광상품 공모전에서 '새로운 관광 아이디어' 우수상을 수상하기도 했다. 길고양이로 이름난 섬의 특별함을 널리 알리려는 노력은 계속되었다. 2008년 9월 14일에는 다시로지마 섬 고양이들을 찾아 떠나는 여행 프로그램 '귀 처진 잭 탐험대'가 조직되었다. 다시로지마 고양이 사진 콘테스트를 열고, 조약돌에 고양이 그림을 그려 신사에 봉납하는 행사에 '탐험대'라는 재미난 명칭을 붙인 것이다. 콘테스트에 출품된 작품 중에서 금고양이상金猫賞, 은고양이상銀猫賞, 동고양이상銅猫賞을 뽑아 다시로지마 섬 숙박권,

해산물, 다시로지마 섬 왕복 승선권 등을 선물로 제공하기도 했다. 고양이 섬만의 특색을 살린 유머러스한 상품이 인상적이었다.

대지진에 무너진 섬, '냥이 프로젝트'로 되살리다

여기까지가 고양이 섬 다시로지마에 찾아온 기적의 1막이라면, 보다 극적인 2막은 2011년 3월 동일본 대지진 이후에 시작됐다. 다시로지마 섬의 주요 수입원이었던 굴 양식시설이 망가지면서 발생한 피해액은 8천만 엔을 넘었고, 주민 수도 60여 명으로 줄어 그야말로 섬의 존속이 위태로워진 상황. 하지만 이번에도 섬의 명물인 고양이가 재기의 원동력이 됐다. 2011년 6월 시작된 '1구좌 주주 지원모금', 이른바 '냥이 프로젝트'는 그렇게 시작되었다.

'1구좌 주주 지원모금'이란 프로젝트에 찬성하는 사람이 한 구좌 당 1만 엔을 후원하고, 그에 대한 수익을 받는 방법이다. 일회성 기부가 아닌 일종의 소액투자 형식이므로, 후원자는 약 4년 뒤 다시로지마에서 생산된 굴 1킬로그램을 대가로 받는다. 수익을 돌려줘야 하기에 수혜자도 보다 책임감을 갖고 재건에 전념하게 된다.

　모금의 일차적인 목표는 굴 양식시설 재건이지만, 여기에는 섬 고양이의 사료비와 진료비도 포함되어 있었다. 사람들이 모금에 선뜻 나선 것도 "고양이 섬을 구해주세요!"라는 메시지의 파급력이, 여타 재난구호 요청보다도 훨씬 더 구체적으로 사람들의 마음을 움직였기 때문이다. 고양이라는 매개체가 있기에 먼 타지에서 일어난 자연재해의 고통을 공감할 수 있었다.

　'사람도 힘든데 고양이들은 얼마나 힘들까…… 그렇다면 우리도 힘을 보태볼까?'

　냥이 프로젝트는 이런 마음으로 빠르게 확산되어갔다. '섬 주민들을 돕는 것이 곧 다시로지마 섬 고양이들을 돕는 것'이라 여긴 애묘인들이 너도나도 모금에 동참했다. '1만 5천 구좌, 1억 5천만 엔 모금'을 목표로 삼았던 냥이 프로젝트는 불과 3개월 만에 목표액을 달성했다. 때론 웃음을, 때론 위로를 전해주었던 다시로지마 고양이들을 기억하고 그들이 행복하길 바라는 일본 애묘인들의 반응은 뜨거웠다. 섬 재건에 들어가는 비용 중 일부를 '고양이 섬'이라는 명성에 걸맞은 시설을 갖추는 데 투자하면서 서서히 변화해갈 다시로지마 섬의 모습이 궁금해진다.

고양이가 행복한 섬, 그 섬에 가고 싶다

가끔은 불가능할 것 같다고 생각되는 엉뚱한 발상이 세상을 따뜻하게 변화시킨다. 그런 점에서, 인간과 길고양이의 공존이 헛된 꿈만은 아님을 보여주는 다시로지마 섬의 사례는 마음 깊이 새겨둘 만하다. 다시로지마 섬의 사례에서 참고할 만한 고양이 섬의 원동력으로 다음과 같은 몇 가지를 꼽을 수 있을 것이다.

첫번째는 '역발상의 힘'이다. 주민들은 도심 불청객 취급을 받는 길고양이를 핍박하는 대신, 그들의 존재를 인정하고 섬의 한 부분으로 받아들였다. 인간과 길고양이의 공존을 통해 전해지는 따뜻한 마음, 이러한 고향의 정서는 인위적으로 만들기 어렵다. 다시로지마 섬은 현대사회에서 찾아보기 힘들어진 소중한 공존의 가치가 아직도 살아 있음을 보여준다.

두번째는 '오래된 전통의 재해석'이다. 고양이 섬과 관련된 민담이나 고양이 신사 등을 미신적인 것으로 치부하고 부정할 수도 있었을 것이다. 그러나 섬 주민들은 이것 역시 섬의 일부이자 소중한 역사로 받아들였다. 고양이 섬을 찾아온 아이들에게 민담을 들려주는 '이야기 할머니'도 계실 정도라고 한다. 일본 고유의 특성이 담긴 전통문화의 가치를 부정하지 않고 이를 현대에 계승한 점이 눈에 띈다.

세번째는 '간판 고양이'의 선전이다. 고양이로 유명한 장소를 찾아가면 대개 그 지역의 명물 고양이가 있기 마련이다. 세상을 떠난 다시로지마 섬의 명사 고양이 '귀 처진 잭'도 그중 하나였다. 잭을 한쪽 귀에 장애가 있는 고양이로 치부하지 않고, 그러한 모습마저 독특한 개성으로 받아들여 이름을 지어주고 사랑을 준 점이 사람들에겐 신선한 감동으로 다가왔을 것이다. 다시로지마 섬에 대한 글을 읽으며 '나도 저 섬에 가서 저 고양이를 만나고 싶다'는 충동이 불현듯 들게 된 건 아마도 잭과 같은 개성 있는 고양이의 덕이다.

그러나 무엇보다 중요한 것은 상상력의 힘 아닐까? 길고양이와 함께하는 삶은 불가능하다고 모두가 고개를 내저을 때 '이렇게 한번 해보면 어떨까?' 하고 제안했던 사람들의 상상력 말이다. 물론 그 상상력이 단순한 공상에 그치지 않고 실천으로 이어져야 이후의 기적도 가능해지겠지만.

『고양이 섬의 기적』은 다시로지마 섬이 고양이 섬으로 자리잡아간 과정, 그리고 대지진 이후의 복구 작업까지도 담담하게 짚어나간다. 흥미로운 것은 이 책이 동일본 대지진 이후 고양이 섬 다시로지마의 재건 노력을 소개하는 데 그치지 않고, 일본 특유의 애묘 문화를 꼼꼼히 살피고 있다는 점이다. 2006년 전후로 일본에서 인기를 얻고 있는 고양이 전문 블로그들의 명단이나, 고양이를 키울 수 없는 사람도 넉살 좋은 고양이와 어울리며 마음을 치유하고 돌아가는 고양이 카페의 사례, 2007년 요코하마 시에서 시작된 '동네 고양이 운동'까지 간략히 소개하고 있어 세계 애묘 문화에 관심이 있는 사람이라면 주의깊게 읽어볼 만하다. 이와 더불어 때론 귀엽고, 때론 안쓰러운 다시로지마 섬 고양이들의 사진들은 고양이를 사랑하는 사람들에게 깊은 여운을 남긴다.

여기에 더해, 일본의 고양이 명소들이 자연스럽게 언급된 이 책은 또다른 고양이 여행의 길잡이로도 활용될 수 있을 것 같다. 오카야마 현 마나베시마 섬, 야마구치 현 이와이시마 섬, 후쿠오카 현 아이노시마 섬 등 또다른 고양이 섬의 목록을 읽고 있노라면, 직접 가보고 싶어 벌써부터 엉덩이가 들썩들썩해진다.

사람들이 다시로지마 섬의 길고양이를 만나러 가는 건 사파리 관광을 하듯 길고양이를 보러 가는 것이 아니다. 그러한 관점은 고양이를 쥐 잡는 도구로 취급하는 것만큼 길고양이를 객체화한다. 사람들이 고양이 섬에서 보고 싶어하는 모습은 '길고양이와 섬 주민 들이 공존하는 일상의 풍경' 그 자체다. 단순히 길고양이만 보러 불편을 감수하면서 그 머나먼 고양이 섬까지 찾아가는 건 아니라는 것이다.

다시로지마 섬사람들이 길고양이와 공존하는 모습은 관광객을 불러들이기 위해 인위적으로 만들어진 것이 아니며, 유난스러운 고양이 사랑의 결과물도 아니다. 그저 섬에서 대대로 살아온 길고양이들을 무심한 듯 지켜보는 일상이 거듭되어 만들어낸 풍경이다. 그 사랑은, 무심한 듯 다정한 고양이 족속들의 사랑법과도 많이 닮았다. 그렇기에 다시로지마의 사례가 더 큰 감동으로 다가오는지도 모른다. 그 진심이 사람들의 마음을, 발길을 고양이 섬으로 불러모은다.

지은이 **이시마루 가즈미**石丸 かずみ

1965년 생. 논픽션 작가로 지바 현에서 태어났다. 광고대행사, 편집프로덕션에서 일하다 프리랜서로 활동하고 있다. 현재는 비즈니스 전반, 의료·간병에 대해 취재하며 글을 쓰고 있다. 한신아와지(阪神淡路) 대지진 발생 직후에 재해지에 들어가서도 아무것도 할 수 없었던 일이 이번 동일본 대지진 관련 취재에 영향을 미쳤다. 고양이를 각별히 사랑한다. 공저로 『철도 시계 이야기』 『이시노마키 적십자병원, 게센누마 시립병원, 도호쿠 대학병원이 구한 생명』 등이 있다.

고양이 섬의 기적

초판 인쇄 | 2013년 3월 18일
초판 발행 | 2013년 3월 25일

옮긴이 오지은 | 펴낸이 강병선
책임편집 박영신 | 모니터링 이희연
디자인 이경란 최미영 | 마케팅 우영희 이미진 나해진 김은지
온라인마케팅 김희숙 김상만 이원주 한수진
제작 서동관 김애진 임현식 | 제작처 한영문화사

펴낸곳 (주)문학동네
출판등록 1993년 10월 22일 제406-2003-000045호
주소 413-756 경기도 파주시 문발동 파주출판도시 513-8
전자우편 editor@munhak.com | 대표전화 031)955-8888 | 팩스 031)955-8855
문의전화 031)955-2660(마케팅) 031)955-2697(편집)
문학동네카페 http://cafe.naver.com/mhdn | 트위터 @munhakdongne

ISBN 978-89-546-2092-5 03830

www.munhak.com